JN311875

晴れた日は図書館へいこう　ここから始まる物語

緑川聖司

ポプラ文庫ピュアフル

晴れた日は
図書館へいこう
ここから始まる物語

もくじ

プロローグ

例えば、青空を見上げた時、まるで猫のような雲が浮かんでいることがあります。夜空を見上げると、白鳥の形をした星座が見えることがあります。

だけど、もちろん青空に猫はいないし、夜空に白鳥はいません。そこに猫や白鳥の姿を見るのは、人間の想像力なんです。

想像力があるからこそ、人は四季を楽しんだり、夢を抱《いだ》いたり、人を思いやったりすることが出来るんだと思います。

この本に載《の》っているのは、そんな人間の想像力が起こした、五つの小さな奇跡の物語なんです。


～関根要《せきねかなめ》『ちょっとした奇跡』刊行記念インタビューより～

第一話

移動するドッグフードの謎

わたしは空を飛んでいた。

はるか地上には、わたしの住んでいるマンションや、わたしが通っている陽山《ようやま》小学校の校舎が、まるでおもちゃみたいに小さく見える。

「うわー、すごーい」

もっとよく見ようと身を乗り出したわたしは、バランスを崩しそうになって、とっさに手近なものに手をのばした。

「あいたたたた！」

とたんに、おしりの下から悲鳴があがる。

「ひどいなあ、しおり」

首をぐるっとひねって、涙を浮かべながらわたしをにらむタントに、

「あ、ごめんなさい」

わたしは慌てて謝りながら、手を離した。わたしが力いっぱいつかんでいたものは、タントのふかふかで真っ白なしっぽだったのだ。

わたしはいま、ソラネコのタントの背中に乗って、陽山町の上空を飛んでいた。

「ソラネコ」というのは、その名の通り空を飛ぶネコのことで、背中に大きな翼を持っている。遠い遠い昔、陸を歩く「リクネコ」たちと別れて、雲の上に自分たちだけの王国をつくったのだ。

その王国には現在、四匹の王子がいるんだけど、その中の一番末っ子、第四王子が家出をしてしまったので、王国のソラネコたちが手分けをして行方《ゆくえ》をさがしているところだった。

「しっかりつかまってて」

タントはそういって、ぐんとスピードをあげると、紅葉《もみじ》であかく染まりはじめた雲峰山《くもみねさん》を一気に飛び越《こ》えた。目を開けていられないほどの強い風が、正面から吹きつけてくる。

わたしたちが向かっているのは、マーサ島という小さな島だった。その島には、ソラネコとリクネコの祖先が生まれたという伝説が残されていて、王宮の庭師の息子で、第四王子と幼なじみのタントによると、王子は小さい頃から、いつかその伝説を確かめにいきたいといっていたらしい。

わたしが体を小さくちぢめて風圧に耐えていると、前方に、太陽の光を反射してキラキラと輝く海面が見えた。

「海だ！」

わたしが思わず体を起こしかけたその時、

「うわっ」

突然タントが叫び声を上げた。真横からの強い風にバランスを崩したのだ。わたしは大きく揺《ゆ》れながら、雲の中に突《つ》っ込《こ》んでいくタントの背中に必死でしがみついた――

「……おり。起きなさい、しおり」

耳元で、誰《だれ》かがわたしの名前を呼んでいる。目を開けると、お母さんがわたしの体をゆっさゆっさと揺らしていた。

「……あれ？」

わたしは体を起こすと、口の中で呟《つぶや》いた。

「マーサ島は？　タントはどこ？」

「なに寝ぼけてるのよ」

お母さんは呆《あき》れ顔で立ち上がると、腰に手を当てた。

「日曜日だからって、いつまで寝てるの。今日は図書館にいくんでしょ？」

「え？　もうそんな時間？」

わたしは目覚まし時計をさがした。愛用の目覚まし時計は、なぜかベッドから遠く離れまったらしい。

「また遅くまで本を読んでたんでしょ。まったく、読みはじめたら止まらないんだから──」

お母さんの小言を聞きながら、わたしは枕元で開いたままになっている本に目をやった。本のタイトルは『ソラネコの伝説』。『ソラネコの王国』に続く、ソラネコシリーズの第二弾だ。ちょうど、第四王子をさがしてソラネコたちが空を飛ぶ場面を読みながら寝てしまったせいで、あんな夢を見たのだろう。

「お母さん、いまから仕事にいってくるから、出かける時は鍵《かぎ》を忘れないでね」

「はー……ぁい」

わたしが返事と欠伸《あくび》を同時にして顔を上げた時には、お母さんの姿はすでに部屋の中から消えていた。

わたしはベッドからおりて大きくのびをすると、『ソラネコの伝説』を手に部屋を出た。

食パンにピザソースをぬってチーズをのせた即席ピザトーストを、あっという間にたいらげると、お皿をキッチンに運んで、急いで出勤したお母さんの分と一緒に洗い物をすませる。時間に余裕がある方が家事をするというのが、二人暮らしの我が家のルールだった。

お父さんと離婚してからの十年間、地元の小さな出版社に勤めながら、お母さんは一人

いた。
でわたしを育ててくれた。小さな出版社なので、自分で取材にいくし記事も書く。時には
カメラマンになることもあるし、今日みたいに日曜日の朝から仕事にいくことも珍しくな
い。それでも頑張《がんば》って続けられるのは、雑誌をつくるという仕事が好きだからだといって
いた。
ちなみに、わたしのお父さんは小説家。つまり、わたしの本好きは親譲《ゆず》りというわけだ。
十年前、二人がどういう理由で離婚したのか、わたしは知らない。だけど、きっといつ
の日か、二人がその理由を自分の口から話してくれる時がくると信じているので、それま
では、わたしの方からは聞かないでおこうと心にきめていた。
パジャマを着替えてベランダに出ると、わたしは空を見上げた。
ポスターカラーのように力強い夏の青空とは違って、秋の空は、どこまでも透《す》き通って
いく水彩絵の具のような青色をしている。
わたしが住んでいるのは、五階建てのマンションの最上階で、ベランダに出るとちょう
ど真正面に、さっき夢の中で飛び越えた雲峰山が見える。その上空には、いくつもの小さ
な雲が、まるで羊の群れのようにゆっくりと流れていた。
わたしが昨夜《ゆうべ》遅くまで本を読んでいたのは、「読書の秋」だからというわけではない
（そんなことをいい出したら、わたしにとっては一年中が「読書の秋」になってしまう）。
実はこの本、今日が図書館への返却期限なんだけど、わたしにしては珍しく、まだ読み終

わっていなかったのだ。

原因は、昨日と一昨日《おととい》の二日にわたって開かれた「陽山祭り」だった。

「陽山祭り」というのは、陽山小学校が毎年十月の終わりに開いているミニ文化祭のことで、五、六年生はクラス毎《ごと》にお店を出すか、出し物をやることになっている。

話し合いを重ねた結果、わたしたち五年三組が選んだのは「お化け屋敷」だった。窓をダンボールでつぶした真っ暗な教室に、暗幕で道をつくって、お客さんに通ってもらうのだ。

「初心者用」と「上級者用」の二つのコースを用意したり、細く切った黒いゴミ袋を顔に当たるように天井《てんじょう》からぶらさげたり、ドライヤーでなま温かい風を送ったりと、いろいろ工夫したおかげで、お化け屋敷は大成功だったんだけど、その準備に忙しくて、ここしばらく本を読む暇《ひま》がなかったのだ。

だけど、それも昨日で終わり。明日の月曜日は代休なので、まるまる二日間、好きなだけ本が読める。

わたしは手すりに手をかけて、秋の空に少しだけ身を乗り出すと、秋の風を胸いっぱいに吸い込んだ。

こんな天気のいい日に、家の中でじっとしてるなんてもったいない。

わたしはお気に入りのリュックに借りていた本を詰《つ》め込むと、部屋を飛び出した。

マンションから図書館までは、自転車で五分くらいの距離だ。

ペダルを踏《ふ》み込むと、透き通るような風がわたしの全身を包み込んだ。その風があんまり気持ちよかったので、わたしは少し寄り道をすることにした。

秋に吹く風の音を「秋声《しゅうせい》」と呼ぶのだと教えてくれたのは、いとこの美弥子《みやこ》さんだった。

春みたいに桜がワッと咲いたり、夏のように蟬《せみ》がジージーと鳴いたり、冬のように雪がシンシンと降ってくることはないけれど、秋は風の音で、その訪れを静かに教えてくれるのだ。

秋の声を聞きながら雲峰池に向かうと、池をぐるっと半周して、ベンチのそばで自転車を止める。

雲峰池は一周二キロ以上もある大きなため池で、池というより、まるで小さな湖だ。もっと朝早ければ、ジョギングする人や散歩する人たちがたくさんいるんだけど、いまは時間が中途半端《ちゅうとはんぱ》なせいか、低学年くらいの男の子が一人、小さな柴犬を連れて散歩しているくらいだった。

わたしはベンチに腰を下ろすと、リュックから読みかけの本を取り出した。

目の前には、透明な風になでられた水面《みなも》が、細かな波を立ててキラキラと光っている。

ふと空を見上げると、羊の群れを追い越すようにして、猫の形をした雲が通り過ぎていった。

わたしは夢の続きを見ているような気持ちになって、膝《ひざ》の上で本を開くと、ふたたびソラネコたちとの旅に出た。

『ソラネコの伝説』をようやく読み終わって、わたしが図書館に到着したのは、お昼を大きく過ぎてからだった。

雲峰市立図書館は、クリーム色の三階建ての建物で、一階には大人向けの小説と児童書が、二階には小説以外の本――科学や歴史、料理や手芸や美術の本が、一生かかっても読み切れないくらいおさめられている。そして三階には、勉強をする人のための自習室と、「おはなしの会」や俳句の会なんかを開くための談話室があった。

わたしが駐輪場《ちゆうりんじよう》に自転車を停めて、図書館の中に入ろうとした時――

ミャー

猫の鳴き声が聞こえたような気がして、わたしは自動ドアの手前で足を止めた。

図書館の入り口のそばには、青と緑のブックポストがなかよく並んでいる。ブックポストというのは、図書館が閉館した後や、お休みの日に、借りていた本を返すための大きなポストだ。わたしがポストの向こうをひょいとのぞき込むと、白い小さな影が飛ぶような速さで走り去っていくのが見えた。

ちょうど猫が活躍する本を読んだところだったので、どんな猫なのか見てみたかったけど、猫の素早さにはかなわない。

残念、と呟きながら図書館に入ろうとしたわたしは、ポストの陰《かげ》にあるものを見つけて、また足を止めた。

以前、ブックポストに中身の入った缶コーヒーがなげ込まれて、しばらくの間、ポストが使用禁止になったことがある。そのことが頭にあったわたしは、反射的にそれを拾い上げて、首をかしげた。

それは、コーヒーでもジュースでもなく、なぜかドッグフードの空き缶だった。

図書館の一階は、入り口側に大人向けの小説が、奥の方に児童書が並んでいて、フロアのちょうど真ん中に、貸し出しや返却用のカウンターがある。

さすがに読書の秋だけあって、カウンターには長い列が出来ていた。わたしが列の一番後ろに並んで、リュックから本を取り出していると、

「弁償《べんしょう》?」

カウンターの方から、女の人のとげとげしい声が聞こえてきた。

「どうして弁償しなきゃいけないんですか? 図書館って、お金いらないんでしょ?」

わたしは首をのばして、列の前の方をのぞき込んだ。ベビーカーを押した女の人が、目をつり上げて職員さんに詰め寄っている。

「まだ、弁償ときまったわけではありません」

詰め寄られているのは玉木《たまき》さんだ。玉木さんは、細い銀縁眼鏡《ぎんぶちめがね》をかけた、お母さんと同い年くらいの女の人で、雲峰図書館にはもう十年近く勤めている。時には厳しいことも口にするけど、本と図書館をとても愛している人だ。

その玉木さんが、カウンターから身を乗り出すようにして、一生懸命に説明していた。

「いったんこちらでお預かりして、破損の程度によっては、お願いすることもあるということです」

「仕方ないじゃない。この子がコップを倒しちゃったのよ」

女の人はそこで言葉を切って、上目づかいに玉木さんを見た。

「そういうことって、よくあるでしょ？」

「しかし、図書館の本はみなさまのものですから……」

「だったら、別にいいじゃない」

呆れたことに、女の人は平気な顔でとんでもないことをいい出した。

「みんなのものっていうことは、わたしのものでもあるわけでしょ？　自分のものを汚したからって弁償するなんて、おかしくない？」

「ですから……」

玉木さんが根気強く説得する。そんなやり取りの間にも、順番待ちの列はどんどん長くなっていった。雰囲気《ふんいき》がだんだん悪くなってきて、わたしの前に並んでいた人が大きな舌打ちをした時、

「お待たせいたしました。お次にお待ちのお客様、こちらにどうぞ」

隣《とな》りのカウンターから、よく通る声が聞こえてきた。行列に並んでいる人の間に、ほっとした空気が流れる。カウンターの中では、モスグリーンのエプロンをつけた美弥子さんが、にっこり笑ってお辞儀《じぎ》をしていた。

美弥子さんは、わたしのお母さんのお姉さんの子ども――つまり、わたしのいとこだ。大学で司書の資格をとって、去年からこの図書館で働いている。美人で優しくて、本のことをたくさん知っていて、わたしの本の先生で、憧《あこが》れのお姉さんなのだ。

「返却、お願いします」

列がみるみる短くなって、自分の順番が回ってくると、わたしは『ソラネコの冒険』を一番上にして、四冊の本を積み上げた。美弥子さんはバーコードを読み取る機械を素早く本に当てて、パソコンの画面を確認すると、

「はい、けっこうです。ありがとうございました」

そういって、にこっと笑った。ほんとはちょっとお喋《しゃべ》りしたかったんだけど、わたしの

後ろにもまだ列が続いていたので、わたしは胸の前で小さく手を振るだけにして、カウンターを離れた。

通りすがりに首をのばしてちらっと隣りをのぞき込むと、カウンターの上にひろげられた本には、紅茶でもこぼしたのか、ページ全体に茶色の染みが広がっていた。あれではさすがに、本棚《ほんだな》に並べるわけにはいかないだろう。

今年の夏、友達が図書館の本を汚してしまうという事件があった。その時に美弥子さんに教えてもらったんだけど、本を汚したり破ったりしてしまった場合、図書館では原則として、お金は受け取らないのだそうだ。

図書館の本は、一冊一冊に透明のカバーをかけて、バーコードをつけて、コンピューターに登録しないといけない。つまり、本一冊には本の代金以上の手間とお金がかかっているのだ。

だから、直せるものならなるべく直して使うし、どうしても直せない場合は、お客さんに同じ本を買ってきてもらって、現物で弁償してもらう。ちなみに、友達が汚した本はすでに絶版になっていて、出版社も倒産していたんだけど、友達はあきらめずにさがし続けて、ついに同じ本を発見した。そして、見つけた本を図書館に弁償して、代わりに自分が汚した本を引き取ったのだ。

その話をお母さんにすると、「その本は、きっと、その子にとって一生の宝物になるでしょうね」といった。同じ汚れた本でも、ある人にとっては宝物に、そしてある人にとってはただの汚れた紙の束になるのだろう。

いつもなら、本を返した後は足取りも軽く児童書のコーナーへと向かうんだけど、今日はなんだか気持ちが重くなってしまったので、気分転換のため、わたしは二階への階段をのぼった。

一階に比べると、二階は子どもが少ないせいか、少し落ちついた雰囲気だ。

図書館は、本の森みたいなものだと思う。道標《みちしるべ》にしたがって歩くのももちろん楽しいけど、わざと知らない道を歩いてみると、時に思いがけない本と出会うことがある。そんな時はまるで、自分が旅人になって、地図にのっていない町を発見したような、そんな気持ちになれる。

美弥子さんによると、〈本をさがす〉ためには知識があればいいんだけど、〈本と出会う〉ためには、ひたすら歩き回るしかないのだそうだ。

わたしが新たな出会いを求めて森の中を歩き回っていると、

「昨日はお疲れさま」

いつのまにか目の前に、本の山を抱《かか》えた美弥子さんが、にっこり笑って立っていた。

「こちらこそ、ご来場ありがとうございました」

わたしは丁寧にお辞儀をして顔を上げると、美弥子さんの顔を見て、へへっと笑った。

昨日の陽山祭りに、お母さんと二人でお客さんとして遊びにきてくれた美弥子さんは、お化け屋敷に入ると、ヒャーとかワーとか派手な悲鳴をあげるお母さんの隣りで、まるで公園でも散歩してきたみたいな涼しい顔でゴールした。

帰り際《ぎわ》に、わたしがこっそり「怖くなかった？」と聞くと、美弥子さんもこっそりと、

「実はわたしも、高校の時の文化祭で、お化け屋敷をやったことがあるの。だから、いろいろ工夫してるのを見てたら、怖くなるよりも先に楽しくなっちゃった」

わたしの耳元でそうささやいて、いたずらっぽく笑ったのだ。

その美弥子さんは、わたしだったら両手でも持ちきれないような本の山を、自分の体と片手だけで支えると、もう片方の手でひょいひょいと棚に並べ出した。本があっというまに、あるべき場所に吸い込まれていく。

この細い腕のどこにこんな力があるんだろう——わたしが感心して見とれていると、

「しおりちゃんは、何か調べもの？」

最後の一冊を棚に並べながら、美弥子さんが聞いた。わたしは首を振ろうとして、ふと、調べてみたいことを思いついた。

「猫の生態についての本ってあるかな？」

「猫の生態？」

美弥子さんは、ほんとの猫みたいに目を丸くした。

「しおりちゃん、猫を飼うの？」

「違う違う。そうじゃなくて……」

　わたしは、さっき図書館の入り口で見かけた、猫らしき白い影のことを話した。

「それで、猫もドッグフードを食べるのかな、と思って……」

　わたしがそういって首をかしげると、

「食べるわよ」

　驚いたことに、美弥子さんはあっさりとそういい切った。

　美弥子さんの話によると、昔、美弥子さんのお母さん――つまり、わたしの伯母《おば》さん――が、何かの懸賞《けんしょう》で間違ってドッグフードを大量に当ててしまい、ご近所に配って歩いたことがあったのだそうだ。

「その時、猫を飼ってるお友達が試しに食べさせてみたら、喜んで食べたらしいの」

「へーえ」

　わたしが感心していると、

「だけど、誰がそんなものを置いたのかしら」

　美弥子さんは、ほんの少し眉をひそめて首をひねった。

「図書館の職員さんじゃないの？」

「でも、それって正面玄関のすぐ近くでしょ？　うちの職員なら、そんなところには置かないと思うんだけど……」

　美弥子さんはそういって、フロアの一番奥、柔らかな日差しが差し込む大きな窓の方に目をやった。その視線を追いかけて、わたしは納得した。

　正面玄関とはちょうど反対側にあるその窓の下には、大きなどんぐりの木が一本、でんと立っているだけの、小さな裏庭がある。元々は駐車場にする予定だったらしいんだけど、玄関前に充分な広さの駐車場が確保できたので、予定が変更になって、いまでは空き地同然になっていた。天気のいい日には、木の根元で猫が丸くなって居眠りしている姿をよく見かける。もし職員さんが猫にえさをやろうとするなら、人通りの多い玄関よりも、裏庭の方を選ぶだろう。

「図書館の中は、ペット禁止なんだよね」

　わたしが聞くと、

「ペットはね」

　と、美弥子さんはうなずいた。

「盲導犬みたいに、訓練されてる場合は別だけど、普通のペットはどうしてもほかのお客さまの迷惑になることが多いし――」

　美弥子さんは棚の背表紙をさっと目で追うと、端《はし》の方から一冊の本を抜き出した。

「こういうこともあるからね」

　本を受け取って、わたしは目を疑った。それは『犬と暮らせば』というタイトルの本で、表紙には人と犬が仲良く街を散歩するイラストが描かれているんだけど、その犬の後ろ足のあたり、表紙の隅《すみ》っこが、ボロボロに削り取られていたのだ。明らかに、動物がかじった跡だった。

「出来る限りの修復はしてもらったんだけど……」

　美弥子さんの、ため息まじりの呟きを聞きながら、わたしはぱらぱらとページをめくった。どうやら、初めて犬を飼う人が、どうやったら犬と一緒に快適に暮らせるかをかわいいイラスト入りで分かりやすく解説した本のようだ。

「これは弁償しなくてもいいの？」

　わたしはさっきのカウンターでのやり取りを思い出しながら聞いた。

「本当はしてほしいんだけど……」

　実際にはなかなか難しいのよ、と美弥子さんは肩をすくめた。貸し出す時にいちいち写真を撮《と》っているわけではないので、借りた時から傷がついていた、といわれてしまうと、反論のしようがないのだそうだ。

「まあ、図書館には修理のプロがいるから、少しぐらいの傷なら大丈夫なんだけど……」

　美弥子さんは、まるで自分が怪我《けが》をしたみたいに顔をしかめて、削れた部分を指先でなでた。

「──わたし、さっきの女の人がいってたことの中で一つだけ、わたしもそう思う、って思ったことがあるの」

わたしが真剣な顔でそういうと、美弥子さんが、なあに？　という顔で首をかしげた。

「あのね」

わたしは少し背のびをすると、美弥子さんの耳元にささやいた。

「図書館の本はわたしのもの、っていうところ。だって、さっきの本を見た時、自分の本が汚されたみたいに悲しかったから……」

「そうね……」

美弥子さんはさびしそうに微笑《ほほえ》んだ。図書館に勤めている美弥子さんは、きっと、わたしなんかよりもずっとたくさんの「わたしの本」が、汚されたり、傷つけられたりするのを見てきたのだろう。

「それより、しおりちゃん」

沈んでしまった空気を振り払うように、美弥子さんがガラッと口調を変えていった。

「今日借りていく本は、もうきまったの？」

「まだきまってない」

わたしは、ある予感にわくわくしながら首を振った。

「それじゃあ、図書館に動物がやってくるお話なんか、どうかしら？」

「読みたい！」

わたしは力いっぱいうなずいた。森の中を一人で探検するのも悪くないけど、素敵な案内人が一緒だと、本の森はもっと楽しくなるのだ。

その日、わたしは結局、年老いたうさぎが館長をしている森の動物たちのための図書館に、道に迷った人間の子どもがやってくる『森の図書館』と、きつねの子どもが森の中で図書館の貸し出しカードを拾って、その使い方を森の住人に聞いて回る『きつねの貸し出しカード』、そして、昔は空を飛べたペンギンが、ご先祖様が借りた本を返すため、雲の上にある鳥たちのための図書館を目指す『雲の上のブックポスト』の三冊を借りて帰った。

帰るときにのぞいてみると、誰かが片付けたのか、ドッグフードの空き缶はいつのまにかなくなっていた。

陽山祭りが終わると、秋は一気に深まっていく。ベランダから見える雲峰山の紅葉《こうよう》も、ふもとに向かって、その面積をどんどんひろげていくように見えた。

いつ降り出したのかわからないような静かな雨が、いつのまにか降りやんだ水曜日の放課後。教室の窓の外には、雨に洗われてすっきりとした青空がひろがっている。

綿毛をちぎったような雲の中に、猫の形をした雲はないかなとさがしていると、

「しおりちゃん」

突然後ろから声をかけられた。振り返ると、同じクラスの北川京子《きたがわきょうこ》ちゃんが、思いつめたような表情で立っていた。

「今日は当番？」

わたしは首を振った。当番というのは、わたしが入ってる園芸委員会の、水やり当番のことだ。京子ちゃんはホッとした顔になって、

「だったら、一緒に図書館にいってくれないかな？」

そういって、顔の前で両手を合わせた。

「いいけど……どうしたの？」

二日に一回は図書館に通っているので、一緒にいくのは全然かまわないんだけど、京子ちゃんにこんなことを頼まれるのは初めてだ。わたしが、どうしたんだろう、と思っていると、

「これ、図書館で借りてきたんだけど……」

京子ちゃんは上目づかいにわたしを見ながら、二冊の本を差し出した。タイトルは『怪談、買います』と『あなたの街のこわ～い話』。どちらも子ども向けの怪談の本だ。

「ちょっと汚しちゃったの……」

京子ちゃんが消え入りそうな声で呟く。たしかに、よく見ると二冊とも、表紙に赤と黒

の絵の具がついていた。陽山祭りの実行委員だった京子ちゃんは、お化け屋敷の参考にしようと、図書館から借りてきた本を学校に持ってきて、準備中にうっかり絵の具をつけてしまったらしい。

「なんとか自分できれいにしようと思ったんだけど、結局返却日に間に合わなくて……」

体を小さくする京子ちゃんに、

「心配しなくても、大丈夫だよ」

わたしは力強くうなずいてみせた。

「図書館には、修理のプロがいるんだから」

「うん、これぐらいなら大丈夫」

天野《あまの》さんは本を一目見ただけで、あっさりとうなずいた。

「元通りになるから、安心していいよ」

それを聞いて、京子ちゃんにやっと笑顔が戻った。

ここは、貸し出しカウンターの隣りにある相談カウンター。天野さんは、美弥子さんよりも少し年上の男の人で、頭のどこかにしょっちゅう寝ぐせをつけている。いつも本の修理やクリーニングをしているので、雲峰図書館で一番エプロンが汚れている職員さんだった。

「でも、絵の具がついたのが表紙でよかったよ」

天野さんは、パラパラとページをめくりながら微笑んだ。

「表紙なら、ビニールでコーティングされてるからね。これが中身の方だったら、きれいに元通りってわけにはいかなかっただろうな」

「――ねえ、天野さん」

京子ちゃんの本はひとまず心配なさそうなので、わたしは話題を変えて、気になっていたことを聞いてみた。

「この間の本は、どうなったの?」

「この間の本?」

「ほら、紅茶をこぼした……」

「ああ……」

とたんに天野さんの表情が曇《くも》る。

「こぼれた時に、すぐふき取ってくれてたら、もうちょっとなんとかなったんだけど……あれは多分、しばらくそのまま放ってあったんだろうな」

「ひどい……」

わたしはなんだか、自分が紅茶を頭からかけられたみたいな気分になった。

「この間の本って？」

わたしは京子ちゃんに、日曜日に目撃した女の人の話をした。

「赤ちゃんのせいにするなんて、かわいそう……」

京子ちゃんは話を聞くと、少し怒った口調でいった。

「少しぐらいの傷や汚れなら、すぐに持ってきてくれれば、完治することも多いんだけどね」

天野さんがそんないい方をしたので、

「天野さんって、なんだか本のお医者さんみたいですね」

京子ちゃんがそういって笑った。

京子ちゃんの本の治療を天野さんにお願いすると、わたしたちは児童書のコーナーへと向かった。すっかり元気になった京子ちゃんが、

「しおりちゃん、面白そうな本を教えてくれない？」

と聞いてくれたのだ。

「まかせて」

わたしは胸を叩《たた》いた。おすすめしたい本なら、いくらでもある。

「どんな本がいい？」

「うーん……とりあえず、怪談はしばらくパスしたいから、明るい話でお願い」

京子ちゃんのリクエストに答えて、わたしはまず、昔の日本にタイムスリップした歴史の苦手な中学生が、その間違った知識でとんでもない騒動を引き起こすドタバタＳＦ『タイムマシンにお願い』と、風邪をひいて熱が出ると推理力がアップする少年探偵が、毎回いろんな手段で風邪をひかされてしまう『不幸な探偵』を手に取った。

「京子ちゃん、ミステリーは……あれ？」

わたしが本を手に振り返ると、京子ちゃんは何故《なぜ》か、児童書のコーナーと大人向けのコーナーのちょうど境目に置かれた、壁際の椅子《いす》の下をのぞき込んでいた。

「どうしたの？」

わたしが声をかけると、

「これ……」

京子ちゃんは立ち上がりながら、足元を指差した。その指の先を見て、わたしは思わず声を上げた。

「え？　なんで？」

椅子の下に隠《かく》れるようにして置かれていたのは、ふたの開いたドッグフードの缶詰だったのだ。

「図書館って、動物禁止じゃなかったの？」

「そうだけど……」

京子ちゃんの言葉に、わたしはうなずきながら椅子の前にしゃがみ込んだ。缶の中身は細かくほぐしたお肉だったけど、さすがに量は減っていないみたいだ。

玄関の前に置いてあるのなら、通りがかりの犬や猫にあげるためなのかなって思うんだけど、ここは図書館の中だ。これはいったいどういうことなんだろうと、わたしが腕を組んで考えていると、

「こんなとこにしゃがみ込んで、なにしてるんだ？」

頭の上から声が降ってきて、わたしは反射的に立ち上がった。

「安川《やすかわ》くん」

後ろに立っていたのは、同じクラスの安川くんだった。

安川くんは、ある事件がきっかけで図書館に通うようになり、いまではすっかり図書館の常連になっていた。陽山祭りでは、京子ちゃんと一緒に実行委員もやっている。

「あのね……」

わたしが体を横にずらして、ドッグフードを見せると、

「あれ？」

安川くんは何度も瞬《まばた》きをして、

「また缶詰？」

意外な台詞《せりふ》を呟いた。わたしと京子ちゃんが顔を見合わせる。

「またって……ほかにもあるの？」

「今日はなかったけど……」

安川くんはわたしたちを手招きすると、ロビーへと足を向けた。そして、自動ドアの近くにある二人掛けのソファーを指差して、

「昨日、そこのソファーの下で見つけたんだ」

といった。

「多分、さっきのと同じやつだと思うんだけど……」

「誰かがここで、犬を飼ってるのかな？」

京子ちゃんの言葉に、

「図書館の中で犬を見たことはないけどな……」

安川くんは大人びた仕草で肩をすくめて、わたしの方を見た。

「茅野《かやの》は？」

「わたしもない」

わたしは首を振った。

「ただ……」

わたしは、日曜日にもブックポストの陰で同じものを見たことを二人に話した。

「その時は空っぽになってたんだけど……」

それはきっと、外に置いていたから猫か犬に食べられたのだろう。さっきの缶詰は中身がまるまる残っていたし、安川くんが昨日見た缶詰も、きっとそうだったにちがいない。

わたしたちは手分けをして、図書館の中と外を調べた。だけど、見つかったのは結局、はじめに京子ちゃんが見つけた一つだけだった。

児童書のコーナーに戻ったわたしたちは、ほかの人の邪魔にならないよう、声をひそめて話し合った。

「やっぱり、誰かがこっそり犬か猫を飼ってるんじゃないかな？」

京子ちゃんが、わたしと安川くんの顔を等分に見ながらいった。

「昼間はどこかに隠れてるのかも」

だけど、わたしはすぐに首を振った。

「そんなことがあったら、職員さんが気づかないはずないよ」

「そっか……」

深刻な表情で腕を組む京子ちゃんに、

「そんなに気にすることないんじゃないか？　何か事件が起きたわけじゃないし……」

安川くんが、明るい口調で声をかける。

「でも、このままにしておいたら、いつか本当に事件が起きるかも」

京子ちゃんは心配そうな表情で、児童書コーナーのさらに奥、絵本コーナーに目をやった。

そこは、小さな子どもが座ったり寝転んだりできるよう、カーペットが敷《し》いてあるスペースで、わたしたちの腰ぐらいまでしかない低い本棚でまわりを囲っている。そのすぐそばには、裏庭に面した大きな窓があって、どんぐりの木の根元では、真っ白な猫が丸くなって気持ちよさそうに居眠りをしていた。

「こんなところに食べ物が置いてあったら、においにつられて、犬とか猫が窓から入ってきたりしないかな」

京子ちゃんの不安はもっともだった。わたしたちにとっては可愛《かわい》らしい子猫でも、赤ちゃんにとっては猛獣《もうじゅう》かもしれないのだ。

「ちょっと待ってて。美弥子さんを呼んでくる」

わたしは二人にそういい残すと、貸し出しカウンターへと向かった。だけど、カウンターの中には玉木さんしかいなくて、その玉木さんも、お客さんの相手で忙しそうだ。

相談カウンターの方を見ると、天野さんが一人で、机に向かってなにか作業をしていた。

わたしが声をかけようかどうしようかと迷っていると、奥の事務室からお腹《なか》の大きな男の人――雲峰図書館の館長さんが現れて、天野さんに話しかけた。

「相変わらず、ワンちゃんが多いみたいですね」

館長さんの台詞に、わたしが思わず聞き耳を立てると、天野さんは苦笑いを浮かべながらびっくりするような答えを返した。

「今日だけで、もう六匹も退治しました」

「ご苦労様です」

館長さんも笑いながら、

「天野くんは名人ですからね。頑張って退治してください」

「はい……あれ？　しおりちゃん、どうかした？」

わたしの姿に気づいた天野さんが声をかけてくれたけど、

「あ、いえ、なんでもないです」

わたしは慌てて顔の前で手を振ると、逃げるようにその場を離れた。

「どうしたの？」

わたしの表情がよっぽどこわばっていたのだろう、京子ちゃんが心配そうに聞いてきた。

わたしは二人に、いま耳にしたばかりの館長さんと天野さんの会話をそのまま伝えた。

「――それって、もしかして、あのドッグフードのことかな……？」

話を聞き終わって、京子ちゃんがおずおずと口を開く。

「まさか」

安川くんが強い口調でさえぎった。

「ドッグフードで、どうやって犬を退治するんだよ。逆に寄ってくるだろ」

「だから、中に何か入れておくのよ。カラシとかわさびとか……」

たしかに、本を噛《か》んだり引っかいたりする動物は、図書館にとっては困ったお客さんだ。だから、わたしもはじめは京子ちゃんがいうように、何かを混ぜたドッグフードを図書館のあちこちにしかけておいて、追い出そうとしたのかなと思ったんだけど――

「それはないと思う」わたしは思い直して口をはさんだ。

「だって、玄関にあった缶は空っぽになってたんだよ」

ドッグフードに何か混ぜてあったのなら、食べ切るということはないはずだ。

「それに、『今日だけで、もう六匹』っていうのもおかしくないか？」

安川くんが補足する。たしかに、これだけ図書館に通っているわたしと安川くんが、一度も見たことがないのだから、一日で六匹というのは多すぎる気がする。

「それじゃあ、天野さんのいってた犬退治とドッグフードとは関係ないのかな？」

京子ちゃんの言葉に、わたしたちは言葉に詰まった。もし関係がないのなら、天野さんと館長さんの会話は、一体どういう意味なんだろう。そして、ドッグフードは誰が何のために――

解決するどころか、謎《なぞ》が増えてしまったわたしたちは、とりあえず帰ることにした。

帰る方向の違う京子ちゃんと図書館の前で別れると、わたしは自転車を押しながら、安川くんと並んで歩いた。まだ夕方といってもいい時間帯なのに、あれだけたくさん浮かんでいた雲の群れは、暗くなりはじめた空の色にすっかり飲み込まれ、代わりに頭上には一番星が輝いていた。

公園の前を通りかかった時、白くて大きな犬を連れた人とすれ違ったので、

「おっきな犬。何歳ぐらいかな」

わたしが半ば独《ひと》り言《ごと》のつもりで呟くと、

「ラブラドール。あれくらいだと、まだ一歳にもなってないんじゃないかな」

安川くんがすぐに答えた。

「よくわかるね」

わたしが驚いて安川くんの顔を見ると、

「うちで飼ってるのと同じ種類だから」

安川くんは照れたように笑った。

「え？　安川くん、犬飼ってるの？」

「うん」

安川くんはうなずいて、それから少しだけ悲しそうな顔をした。

「だから、図書館にとって、犬がすごく迷惑なのもわかるんだ。本でもなんでも、すぐに

かじるし、ベロベロなめるし。でも……」

安川くんはそこで黙ってしまったけど、いいたいことはわかる気がした。きっと、迷惑なのはわかるけど、あまりひどいことはしないでほしい、と思っているのだろう。

うつむいてため息をつく安川くんに、わたしは声をかけた。

「今度、見にいってもいい？」

「え？」

「ラブラドール」

わたしがそういうと、安川くんはようやく明るい表情になって、大きくうなずいた。


次の日は、お母さんが取材で遅くなるので、美弥子さんが夕食をつくりに来てくれた。

図書館の勤務は早番と遅番があって、早番の日は六時に勤務が終わるのだ。

スーパーの前で美弥子さんと待ち合わせた時には、まだかすかに藍色《あいいろ》を残していた空も、美弥子さん特製の海鮮お好み焼きを食べ終える頃には、すっかりまっ暗になっていた。

湯呑《ゆの》みに煎茶《せんちゃ》を注ぎながら、わたしがいつ昨日の話を切り出そうかと考えていると、

「そういえば――」

美弥子さんが、ふと思い出したように口を開いた。

「今日、児童書のコーナーでドッグフードの缶詰を見つけたわよ」

「え？」

美弥子さんの言葉に、わたしは思わず湯呑みを取り落としそうになった。月曜は休館日なので、これで実質的に四日連続ということになる。

「どうしたの？」

わたしの反応に驚いている美弥子さんに、わたしは昨日の出来事を話した。

「うーん……」

話を聞き終わると、美弥子さんは記憶をさぐるように天井を見上げた。

「児童書のコーナーは毎日閉館前に見回りしてるけど、昨日も一昨日も気がつかなかったな」

きっと、夕方には回収してしまうのだろう、とわたしは思った。

「今日はどこで見つけたの？」

「児童書コーナーの柱の陰」

わたしは頭の中に、図書館の見取り図を思い浮かべた。昨日、京子ちゃんが見つけた場所よりも、少し奥の方だ。

「……そういえば、たしかに今日も、目を離したらいつのまにかなくなってたわね」

美弥子さんは首をかしげて、独り言のように呟いた。

「――ねえ、美弥子さん」

わたしは少し迷った末に、思い切って聞いてみることにした。

「図書館の職員さんが置いたっていう可能性は、本当にないの？」

「ないと思うけど……どうして？」

「実は……」

わたしは、昨日偶然耳にした、天野さんと館長さんの会話の内容を話した。

「だから、もしかしたら……」

あのドッグフードは、天野さんが置いたんじゃ――わたしがそういおうとした時、美弥子さんが突然吹き出した。わたしがびっくりして固まっていると、

「ごめんごめん」

美弥子さんが笑いながら、顔の前で両手を合わせた。

「大丈夫よ。天野さんが退治してるのは、本物の犬じゃないから」

「え？」

余計にわけがわからなくなったわたしに、美弥子さんは呼吸を整えながら、

「しおりちゃん、読んでる途中で本を閉じる時って、どうしてる？」

唐突にそんなことを聞いてきた。

「え？　えーっと……『しおり』をはさむ」

「しおり」といっても、もちろんわたしのことではない。本にはさむ「栞《しおり》」のことだ。わたしが最近愛用しているのは、この間の図書館祭りでもらったしおりで、表面に細かな凹《おう》凸《とつ》があって、点字で「本は、新しい世界への扉である」「本は、新しい世界への鍵である」と書かれている。

「じゃあ、しおりがない時は？」

「紐《ひも》をはさむ」

わたしはすぐに答えた。ハードカバーの本の頭には、しおり代わりの紐――スピン、と呼ぶらしい――がついていることが多いので、しおりが手元にない時は、その紐をはさむようにしている。

「それじゃあ、はさむものがなんにもなかったら？」

美弥子さんは「なんにも」を強調していったけど、わたしは胸を張って答えることが出来た。

「覚えてるから、大丈夫」

「なるほどね」

美弥子さんは嬉《うれ》しそうにうなずいた。

もちろん、何ページの何行目、なんてところまで覚えてるわけじゃないけど、どの場面まで読んだかわからなくなる、なんてことは考えられない。

「だけど、そういう時にページの端を折っちゃう人もいるのよ」

美弥子さんは、新聞の広告を手元に引き寄せると、その隅を小さく三角に折った。

「あ、見たことある」

ハードカバーではあまり見ないけど、文庫本を借りて読んでいると、こんな風にページの隅を折った跡をたまに見かけることがある。ひどいのになると、まるで紙飛行機でも作ろうとしたみたいに、ページ全体が半分に折られていたりする。

「この三角形は、見た目が垂れ下がった犬の耳に似ていることから、『ドッグイア』——つまり『犬の耳』って呼ばれてるのよ」

「へーえ……え？」

わたしは三角に折られた部分に顔を近づけて、それから美弥子さんを見た。

「それって……」

「うん」

美弥子さんはくすくす笑ってうなずいた。

「天野さんと館長さんが話してたのは、これのことなの」

「それじゃあ、一日に六匹も退治したっていうのは……」

「ドッグイアがついた本を、その日だけで六冊修繕《しゅうぜん》したってことじゃないかな」

「なーんだ」

わたしは一気に力が抜けて、椅子に大きくもたれかかった。たしかに、ページの折り目を直すことにかけてなら、天野さんは「名人」に違いない。館長さんが「頑張って退治してください」なんていうから、てっきり本物の犬のことだと思ってしまったのだ。

「何も書かれてない隅っこの方を、ちょっと折るだけだから、みんな気軽にやっちゃうんだろうけど……」

折り目というのも、きれいにとるのはこれで意外と難しくて、手間がかかるものなのだと美弥子さんが教えてくれた。

それにしても――わたしは頭の中で掛け算をした。たった一日で六冊も見つかるなら、天野さんは一年でいったい何匹の「ドッグイア」を退治しないといけないのだろう。

「まあ、本物の犬にかじられるよりはましだけどね」

美弥子さんが小さくため息をついてお茶を飲み干した時、ちょうどチャイムの音が鳴って、お母さんが帰ってきた。

食事は外で軽くすませてきたというお母さんのためにお茶を入れなおすと、わたしはもう一度、「犬退治の謎」と「ドッグフードの謎」の話をした。

「ドッグイア」の話を聞いたお母さんは、わたしの勘違いに容赦《ようしゃ》なく大笑いすると、ふと真剣な表情になって、

「でも、気をつけた方がいいわよ。今回は耳にしたのがしおりだったから、こうやって誤

解もとけたけど、聞いたのがほかのお客さんだったら、勘違いしたままになってたかも」

と、美弥子さんにいった。

「そうですね」

美弥子さんも真面目《まじめ》な顔でうなずいた。

「それから、ドッグフードの話だけど……」

お母さんはフーフーとお茶を冷ましながら、わたしの方を向いた。

「置かれてたのは、一階だけだったの？」

「多分」

わたしは、お母さんがお土産《みやげ》に買ってきてくれたみたらし団子に手をのばしながら答えた。

「昨日、一応二階と三階も見てまわったんだけど、それらしいものはなかったから……」

「そう……」

お母さんはお茶を一口飲むと、天井を見上げた。

「はじめは、誰かがこっそり子犬を連れ込んで、図書館の中で飼《か》ってるのかな、と思ったんだけど……」

わたしはお母さんの横顔を見つめながら、自分の考えを口にした。

「それはないでしょうね」

お母さんは湯呑みを置くと、はっきりと首を振った。

「だって、あるはずのものがないもの」

「あるはずのもの？」

「水よ」とお母さんはいった。

「ほんとに犬を飼ってるなら、食べ物よりも水がないとおかしいでしょ？」

「あ、そうか」

わたしは手を叩いた。生きていくために必要なのは、食べ物よりも飲み物だと聞いたことがある。それがないということは――

「なんだか、犬を飼うというよりも、餌付《えづ》けしているみたいですね」

美弥子さんの言葉に、お母さんは「そうね」とうなずいた。

「もっとも、餌付けに成功しているとはいえないけどね。結局、館内のドッグフードは減ってないわけだし」

「本当ですね」

美弥子さんはホッとしたように笑って、お茶をコクリと飲み干した。


「――だけど、ほんとにどうしてなんだろ」

明日も早番の美弥子さんが帰って、二人きりになったリビングで、わたしが腕を組んで呟いていると、

「どうしてかはわからないけど、誰がやったのかはわかるかもよ」

みたらし団子をほおばりながら、お母さんがあっさりといった。

「え？」

わたしが驚いて聞き返すと、お母さんは指を折りながら、

「しおりが最初にドッグフードを見つけたのが、玄関の前でしょ？　次が一階のロビーで、その次が児童書コーナー……少しずつ、図書館の奥に近づいていってると思わない？」

そういって、わたしの顔をのぞき込んだ。

「それじゃあ……」

一階の一番奥にある絵本コーナーを見張っていれば、犯人がやってくるかも──そういいかけて、わたしは口をつぐんだ。

この夏、図書館で児童書が次々と消えていくという事件が起こった時、わたしは犯人を捕まえようとして、児童書のコーナーに張り込んだことがあった。その結果、関係ない人まで疑いの目で見てしまい、美弥子さんに「気持ちは嬉しいけど、お客さんを疑うようなことはしないでほしい」とたしなめられてしまったのだ。

わたしが何を考えているのか、表情でわかったのだろう。お母さんは明るい声で「大丈

夫よ」といった。

「今回は、犯人を捕まえることが目的じゃなくて、ドッグフードをなるべく早く発見して、犬が入ってこないようにするのが目的なんだから」

「そっか……」

わたしは気持ちを引きしめた。たしかに、場所が場所だけに、もしお腹を空かせた犬が図書館の中に入ってきたりしたら、小さな子どもが大怪我をしてしまうかもしれない。

「それに、その誰かはどうやら職員の目を盗んで缶を置いたり回収したりしてるみたいだから、しおりの方が案外簡単に現場をおさえられるかもね」

お母さんは笑いながらそういうと、急に真面目な顔になって、

「ただし、絶対に危ない真似《まね》はしないこと。犯人を捕まえたり追いかけたりせずに、ドッグフードを見つけたら、すぐに職員の誰かに連絡すること。わかった？」

「はーい」

わたしは右手を高々と上げた。

「それって、『禁止してもどうせやるだろうから、それならはじめから目の届くところでやらせておこう』ってことでしょ？」

京子ちゃんがくすくす笑いながらいった。

「しおりちゃんのお母さんって、面白い人ね」

「そうかなあ」

わたしは頭に手をやった。

次の日の昼休み。わたしは教室の隅で京子ちゃんと安川くんに、「ドッグイア」の話と、お母さんの推理を披露《ひろう》していた。

「でも、よかった」

京子ちゃんが、ホッとしたように胸に手を当てる。

「天野さんが本当に犬を退治してたわけじゃなかったのね」

「まあ、よく考えれば当たり前だよな」

安川くんが苦笑いを浮かべながらいった。

「犬を追い出すためなら、もっとほかにも方法があるだろうし――」

そうなのだ。素直に考えると、ドッグフードはやっぱり、犬を呼び寄せるために置いているとしか考えられない。だけど、いったい誰がなんのために――

わたしが考え込んでいると、

「それで、どうするんだ？」

安川くんがわたしの顔をのぞき込むようにして聞いてきた。

「張り込みするのか？」

安川くんは、夏の事件の時に一緒だったので、わたしが美弥子さんから注意されて、どれだけ落ち込んだかをよく知っている。だから、気にしてくれているのだろう。わたしはちょっと嬉しくなりながら、

「とりあえず、図書館にいってみようと思うの。絵本コーナーに何もなければそれでいいし、もしドッグフードがあったら、犬が寄ってくる前に片付けちゃおうと思って」

と答えた。

「だったら、おれもいくよ」

安川くんが小さく手を上げる。

「犬を悪者にしたくないもんな」

午後の授業が終わると、家の用事があるという京子ちゃんと学校で別れて、わたしと安川くんは図書館に向かった。

「どうしてだと思う？」

学校から図書館までの通いなれた道を並んで歩きながら、安川くんが口を開いた。

「え？」

「どうして図書館の中に犬を呼び寄せようとしてるんだろう」

「うーん……」

わたしは歩きながら考えた。

「やっぱり、犬が好きな人なんじゃないかな。本当は自分の家で犬を飼いたいんだけど、何か飼えない事情があって……」

「でも、茅野のお母さんの推理だと、図書館でこっそり飼ってるっていう可能性はないんだろ？」

「だから、飼ってるわけじゃないの。ただ犬と遊びたくて……」

「だったら、図書館の裏庭でも近くの公園でも、もっといい場所があるのに。どうして図書館の中なんだろう……」

疑問は結局、そこに戻っていった。これが真夏や真冬なら、外はかわいそうだからという理由も考えられるけど、いまは秋。一年で一番過ごしやすい季節だ。

結論が出ないまま図書館に到着したわたしたちは、ブックポストの陰や椅子の下を確認しながら、一階の奥へと向かった。いまのところ、まだどこにもドッグフードはしかけられてないみたいだ。

絵本コーナーのカーペットの上では、二歳ぐらいの女の子を前にして、お母さんが絵本の読み聞かせをしていた。お母さんが大きな身振りをまじえながら物語を口にするたびに、女の子が身を乗り出したり、声をたてて笑ったりしている。きっと、あの女の子にとっては、いまお母さんが読んでくれている物語が、世界のすべてなのだろう。

その真剣な様子にわたしが気をとられていると、安川くんがわたしの腕をつついた。

はっとして振り返ると、トートバッグを肩にかけた二年生か三年生くらいの男の子が、まわりの様子を気にしながら、こちらに近づいてくるところだった。

安川くんはいつのまにか、本棚から抜き取った本を開いて、立ち読みのふりをしながらちらちらと男の子の様子をうかがっている。

わたしも本を選ぶような顔をしながら、視界の端で男の子の姿をとらえた。

男の子は緊張した顔つきで絵本コーナーに近づくと、その手前で立ち止まった。絵本コーナーのそばには裏庭に面した窓があって、窓の下には背の低い本棚が並んでいる。男の子はその本棚の上にバッグを置くと、手をのばして窓を細く開けた。そして、バッグから素早く何かを取り出すと、その何かを本棚の上、カーテンの陰になるところに押し込んで、逃げるようにその場から立ち去っていった。

男の子の姿が見えなくなると、わたしたちはうなずきあって、窓に近づいた。カーテンをそっと寄せると、そこにはすっかり見慣れたドッグフードの缶詰が、ふたの開いた状態でひっそりと置いてあった。

「おかしいな……」

安川くんは缶詰を手にすると、首をのばしてキョロキョロとあたりを見回した。

「どうしたの？」

「犬と遊ぶのが目的でこんなことをしてるのなら、においにつられて犬が寄ってくるのを、この近くで待ってるはずだと思ったんだけど……」

「きっと、犬と遊ぶのが目的じゃないのよ」

わたしは男の子が姿を消した方向に目をやりながら答えた。

「だって、あの子、自分でも犬を飼ってるもん」

「え?」安川くんが目を丸くした。

「茅野、さっきの男の子を知ってるのか?」

「知ってる、っていうほどじゃないんだけどね……」

曖昧《あいまい》に微笑《ほほえ》みながら、わたしは初めてドッグフードを見つけた日曜日の朝のことを思い出していた。あの日、雲峰池のベンチで本を読んでいたわたしの目の前を、柴犬を散歩させながら通り過ぎていったのが、さっきの男の子だったのだ。わたしがその話をすると、安川くんは本棚の上に缶詰を戻して腕を組んだ。

「うーん……たとえば、その時に連れてたのは自分の犬じゃなくて、近所の犬の散歩を手伝ってただけだったとか……」

「はっきりとはわからないけど、あんまりそんな雰囲気じゃなかったよ」

それに、もし自分の飼い犬じゃなかったとしても、散歩に連れていけるような犬が身近にいるのなら、わざわざこんな手のこんだことをしてまで、図書館に犬を呼び寄せる必要

はないと思う。わたしがそういうと、

「そうだよな」

自分でもあまり自信がなかったのか、安川くんはあっさりとうなずいた。

「それに、結局どうして図書館の中なのかっていう疑問は残るわけだし……」

安川くんが腕をといて、大きくのびをした時、

「にゃー」

すぐそばで猫の鳴き声がして、わたしたちは顔を見合わせた。窓を開けてのぞき込むと、窓の真下であの白い猫が、壁に前足をかけて、うったえかけるようにこちらを見上げていた。

「猫もけっこう鼻が効くんだな」

安川くんが感心したようにいいながら、グイッと窓から身を乗り出して、窓の下の地面に缶詰を落とすと、白猫は嬉しそうに「みゃあ」と一声鳴いて、せっせとドッグフードをなめ出した。その様子を眺《なが》めながら、「まだ子どもかな?」とわたしが呟くと、

「意外とおれたちより年上かもよ」

安川くんがそういって笑った。そして、ふと真剣な顔になると、突然体を起こして、わたしの方に向き直った。

「あの子が連れてた柴犬って、まだ子犬だったんだよな?」

「え？　うん、多分……」

わたしが小刻みにうなずくと、安川くんは「そっか……」とうなずいて、それから思い出したように、窓をそっと閉めた。

猫の声が遠くなる。

「なにかわかったの？」

わたしは声をかけた。安川くんはしばらくの間、厳しい表情で考え込んでいたけど、やがて小さくため息をついて、独り言のように呟いた。

「やっぱり、本人に確かめるしかないだろうな……」


日曜日は朝からいい天気だった。水彩絵の具を薄くのばしたような青空に、無数の細かな雲が整然と並んでいる。まるで魚のうろこみたいだな、と思っていると、

「なんか、魚のうろこみたいだな」

隣りで安川くんが呟いた。

「え？」

わたしがびっくりして、安川くんの顔を見ると、

「ほら」

安川くんは腕を水平に上げて、目の前に広がる雲峰池を指さした。池の水面が、透明な風に吹かれて、まるでうろこのようにキラキラと輝いている。

日曜日の、少し遅めの朝――つまり、一週間前とまったく同じ時間帯に、わたしと安川くんは、一週間前と同じベンチに並んで座っていた。

犬の散歩なら、同じ時間帯に同じコースを通る可能性が高いだろうと考えたのだ。

「本でも持ってきたらよかったかな」

安川くんがそんなことをいい出したので、わたしは思わず吹き出しそうになった。ほんの数ヶ月前まで本が苦手で、読書感想文の宿題に「どうして漫画じゃだめなんだよ」とぼやいていた安川くんが、いつのまにかすっかり本好きになっているのがおかしかったのだ。

「いまは何を読んでるの？」

わたしが聞くと、

「ちょうど『空飛ぶクリスマスツリー』を読み終わったところ」

安川くんは、前にわたしがおすすめしたミステリーの名前をあげた。

『空飛ぶクリスマスツリー』は、双子の怪盗《かいとう》が活躍するシリーズの二作目で、あるおもちゃ会社に「クリスマスイヴの夜、社長室の机の上にあるクリスマスツリーをいただきにあがります」という予告状が届くところから物語は始まる。厳重な警備の中、まんまとツリーを盗み出すことに成功した怪盗は、依頼人にツリーを渡そうとする。しかし、約束の場所に現れたのは、依頼人ではなく警察だった。

　その場をなんとか逃げ切った怪盗は、翌日のニュースで、社長室の金庫から新製品の設計図が盗まれていたことを知る。警察も世間も、怪盗が設計図を盗んだと思っているけど、実は怪盗にツリーを盗むよう依頼した人物が、何日も前に設計図を盗んでいて、それを怪盗の仕業《しわざ》にみせかけようとしたのだ。利用されていたことを知った怪盗は、今度はその設計図を奪い返すために活躍するんだけど――

「実は、あれがヒントになったんだ」

「え？」

　思いがけない言葉に、わたしは目を丸くした。

「あの中に『本当の目的はツリーではなく、ツリーを盗ませるという口実で奴を会社に侵入させ、設計図を盗んだ罪を着せることだったんだ』っていう台詞があるだろ？」

　わたしはうなずいた。怪盗の永遠のライバル、銭丸《ぜにまる》警部が事件の真相に気づく場面だ。ちなみに「奴」というのは双子の怪盗――ただし、警部は怪盗は一人だけだと思っている――のことである。

「それで、思ったんだ。もしかしたら、ドッグフードをしかけた本当の目的は……」

　安川くんが続けて口を開きかけた時、遠くから犬の鳴き声が聞こえてきた。わたしたちが顔を上げると、赤い散歩紐をつけた柴犬が、男の子を引っ張るようにして、こちらに駆《か》けてくるところだった。

安川くんは勢いよく立ち上がると、道の真ん中に飛び出して、男の子に声をかけた。

「柴犬？」

男の子は、ちょっとびっくりした顔で足を止めたけど、すぐに笑顔になってうなずいた。

安川くんは男の子に近づくと、少し腰をかがめた。そして、きょとんとしている男の子に、例の缶詰を差し出しながらいった。

「これのことで、ちょっと話があるんだけど……」


少し強い風が吹いて、池の水面が大きく波立つ。わたしは髪《かみ》をおさえながら、風がおさまるのを待った。

男の子は缶詰を見ると、とたんに凍りついたように顔色を変えて、いわれるがままにわたしと安川くんの間に腰を下ろした。その手にしっかりと握られた紐の先では、柴犬が不思議そうな顔でわたしたちを見上げている。

わたしと安川くんが自己紹介をすると、男の子も風で飛ばされてしまいそうな小さな声で、自分の名前を口にした。名前は小田《おだ》正利《まさとし》くん。雲峰小学校の三年生だ。

「この子の名前は？」

安川くんが柴犬の頭をなでながら聞くと、いままでこわばっていた小田くんの表情が、ようやく緩《ゆる》んだ。

「バロン」

わたしはベンチをおりてバロンの前にしゃがみ込むと、前足をつかんで握手した。

「こんにちは、バロン」

バロンは「誰？」という顔で首をかしげる。わたしは同じ方向に首をかしげながら、

「何歳なの？」

と聞いた。わたしは動物を飼ったことがないので、犬の年齢はあまりよくわからない。だから、

「もうすぐ三ヶ月」

と小田くんにいわれて、ちょっと驚いた。三ヶ月なんて、人間の赤ちゃんなら、まだ自分でベッドから出ることも出来ない年齢だ。だけど、安川くんはさすがに予想がついてたみたいで、平然とバロンの背中をなでながら、

「だったら、まだ歯がかゆいよな」

バロンにそう呼びかけた。バロンは——あたりまえだけど——なにをいわれたのかわからず、気持ちよさそうに尻尾《しっぽ》を振っている。そんなバロンの様子を見ながら、小田くんが緊張したように、肩をびくっと震わせた。

「歯がかゆくなるの？」

わたしはベンチに戻りながら、自分の歯を指でつついた。安川くんは笑いながら、

「歯《は》が生え変わる時期になると、犬は歯がむずむずするらしいんだよ。かゆいっていうより、気持ち悪いみたいで、そんな時は口に入るものならなんでもかじろうとするんだ。テーブルの足とか、スリッパとか……本とか」

小田くんは膝の上でぎゅっと手を握りしめたまま、黙ってうつむいている。安川くんは、そんな小田くんに優しく声をかけた。

「バロンが図書館の本を噛んじゃったことを隠すために、こんなことをしたんだね？」

わたしは驚いて、小田くんとバロンの顔を見た。

「どういうこと？」

「さっきの話の続きだけど……」

安川くんは、うなだれている小田くんの頭越しに、わたしの顔を見た。

「怪盗が忍び込んだビルで設計図が盗まれたら、誰もがその怪盗が盗んだと思うだろ？それじゃあ、野良犬《のらいぬ》が入ってきた図書館で、犬の歯型がついた本が見つかったら？」

「それは……」といいかけて、わたしは「あっ！」と声を上げた。頭の中で、いままでの話がようやくつながったのだ。

「はじめは、犬好きの人が犬と遊びたくてこんなことをしてるのかなと思ったんだ」

安川くんは雲峰池に視線を向けて、一言ずつ確かめるように話し出した。

「だけど、それならドッグフードを置いて、すぐにいなくなるのはおかしいし、そもそも犬を飼ってるんだったら、そんなことをする必要がない。それで、ほかに犬を図書館に呼び込む理由はないかって考えた時に、もしかしたら犬の仕業に見せかけたい何かがあるんじゃないかと思ったんだ」

安川くんの話を、小田くんは神妙な顔で聞いている。

「犬を飼ってる家で、図書館から借りてきた本に犬の歯型がついていたら、普通は飼い犬のせいだと思うだろ？　だけど、もし最近、その図書館に犬が入ってきたっていう事件があったとしたら……」

わたしは、ちょっと前にテレビで見た、どこかの図書館に鹿《しか》が入ってきて大騒ぎになったというニュースを思い出した。後で聞いた話では、小田くんもそのニュースを見ていて、今回のことのヒントになったらしい。犬が入ってきたくらいでは、ニュースにはならないかもしれないけど、ちょっとした騒ぎにはなるだろう。そこで、「実は……」といって本を取り出せば、その犬のせいにできるかもしれない。

もちろん、実際にそんなにうまくいくかどうかはわからない。だけど、少なくとも小田くんは、ほかに方法を思いつかなかったのだ。

小田くんは、しばらくの間じっと黙ってバロンを見つめていたけど、やがてあきらめたように口を開いた。

「――バロンはまだ子どもだから、嚙んじゃ駄目《だめ》って何回怒っても、すぐに忘れちゃうんです。テーブルの足をかじるのなんか毎日だし、この前は玄関で、お母さんがすごく大事にしてた靴《くつ》をボロボロにしちゃって……」

「怒られたでしょ？」

わたしが聞くと、小田くんは大きく何度もうなずいて、

「お母さんは、今度大事なものをかじったら、バロンをおばあちゃんのところに返すっていうんです」

涙声でそういった。

「返す？」

安川くんが聞きとがめる。小田くんは力なくうなずいて、

「バロンはもともと、おばあちゃんのところで生まれたんです。だから、これ以上悪さをするようだったら、おばあちゃんのところに返すって……」

「ワン！」

話がわかっているのかいないのか、その通り、というようにバロンがほえた。

「だから、図書館の本をかじったことを隠そうとしたんだね」

「僕が悪かったんです」

不意に、小田くんの目から涙がこぼれ落ちた。

「僕が本を置きっぱなしにしてたから……」

そんな小田くんの様子に、バロンが悲しそうに喉《のど》を鳴らしながら、小田くんの手をぺろぺろとなめた。小田くんは、そんなバロンにちょっとだけ笑顔を見せると、ぽつりぽつりと話を続けた。

発端《ほったん》は十日ほど前、小田くんが図書館から借りてきた本を、バロンがかじってしまったことだった。さいわいお母さんにはばれなかったけれど、そのまま図書館に返したら、家に連絡されてしまうかもしれない。こんなことがばれたら、今度こそバロンはおばあちゃんのところに返されてしまうだろう——そう思った小田くんは慌てた。

かといって、よその飼い犬のせいにするわけにもいかないし、家の外で本を読んでいたら野良犬に噛まれた、というのも無理がある。

知恵をしぼった結果、思いついたのがドッグフード作戦だった。何も、本が本当にかじられる必要はない。図書館に犬が入ってきたという事件さえ起きれば、家に連絡されても、犯人はバロンじゃないと主張することができる——小田くんはそう考えたのだ。

そこで、ためしにふたを開けたドッグフードの缶詰を玄関に置いてみたら、すぐに空っぽになった。それが猫の仕業だったとは知らない小田くんは、次の日からドッグフードの場所を少しずつ動かして、バロンにかじられた本が置いてあった、絵本コーナーへと近づけていった。

結局、小田くんの作戦は失敗に終わったんだけど、もし成功していたらと思うと、わたしはゾッとした。もっとたくさんの本が被害にあっていたかもしれないし、もしかしたら小さな子どもが怪我をしていたかもしれないのだ。

そう考えると、決して賛成できる方法じゃなかったけど、バロンをじっと見つめている小田くんの辛そうな表情を見ていると、わたしは何もいえなかった。きっと、ほかにどうしようもなかったのだろう。

話し終えた小田くんは、バロンを引き寄せると、震える声で呟いた。

「お母さんは、バロンのことが嫌いなんだ……」

「でも、もともとはお母さんも、バロンを飼ってもいいっていってくれてたんでしょ？」

わたしがいうと、小田くんはいやいやをするように首を振って、大きなため息をついた。

「おばあちゃんちに遊びにいった時に、僕が何回もお願いしたから、仕方なく飼ってくれたんです。でも、ほんとはきっと……」

「その本の返却期限は、いつまでなの？」

わたしの問いに、小田くんは一瞬言葉に詰まってから、小さな声で「明後日《あさって》です」と答えた。明日は休館日なので、実質的にはあと一日だ。ドッグフードが全然減ってないのに、毎日奥に移動しているのが不思議だったんだけど、きっと返却日が迫って焦《あせ》っていたんだろう。

「だったら、いまから一緒に図書館に返しにいこうよ」

突然大きな声をあげて立ち上がったわたしを、二人がびっくりした顔で見上げた。

「小田くんは、いまから家に帰って、その本を図書館まで持ってきて。わたしと安川くんは先にいってるから」

「でも……」

小田くんが、不安そうに眉を寄せた。

「あんなボロボロの本、持っていったら……」

「大丈夫」

わたしは天野さんの顔を思い浮かべながらいった。

「図書館には、腕のいい本のお医者さんがいるんだから」


『長い散歩』は、世界一からだの長い犬とその飼い主が、一緒に世界中を散歩するという設定の絵本で、どのページを開いてもその国の名所と名物が見開きでわかるようになっている。たとえばフランスのページでは、エッフェル塔と凱旋門《がいせんもん》とベルサイユ宮殿が並んでいる前を、飼い主がフランスパンを食べながら歩いているし、メキシコでは太陽のピラミッドやサボテンの前を、タコスを食べながら歩いている。そして、どのページにもからだのながーい犬が、右端から左端まで見開きいっぱいを使って描かれているのだ。

最後のページでは、はるか遠くに地球が見える月の上を、飼い主と長い犬が宇宙服を着て歩いてるんだけど、その右ページの隅っこ、ちょうど犬の顔のあたりが、力いっぱいにぎりしめたみたいにくしゃくしゃになっていた。よく見ると、表紙やほかのページにも、バロンが嚙んだりじゃれたりした跡が、ところどころに残っている。ページが破れたり、大きな穴があいたりしてるわけじゃないけど、歯型もしっかり残っていて、犬が嚙んだということが一目でわかった。

本を手にした天野さんは、しばらく無言でページをぱらぱらとめくったり、ひっくり返したりしていたけど、

「うん、大丈夫」

そういって、本をテーブルの上にポンと置くと、不安そうな顔でじっと天野さんの手元を見つめていた小田くんに、にっこりと笑いかけた。

「多少跡は残るだろうけど、まだ子犬だから、そんなに傷も深くないし……これぐらいなら、なんとか直せるよ」

「ほんと？」

わたしは思わず声を上げて、美弥子さんの顔を見た。

「っていうことは……」

「そうね」

美弥子さんも、ほっとしたように微笑んだ。

「おうちに連絡する必要はなさそうね」

それを聞いて、小田くんは安心したのか、椅子にストンと腰を下ろして、大きく息を吐き出した。

わたしと安川くん、美弥子さん、天野さん、そして小田くんの五人は、図書館の三階にある「談話室」に集まっていた。いつもは「朗読教室」や「紙芝居の会」に使われる、学校の教室ぐらいの小さな部屋なんだけど、美弥子さんにお願いして、特別に使わせてもらったのだ。

雲峰池で小田くんと一旦《いったん》別れた後、一足先に図書館にやってきたわたしと安川くんは、美弥子さんに事情を話して、なんとかおうちの人に連絡しないですむ方法はないかと相談した。

わたしたちの話を聞いた美弥子さんは、渋《しぶ》い顔で腕を組んだ。

美弥子さんによると、子どもが本を汚したり壊《こわ》したりした時に親に連絡するかどうかは、とても難しい問題なのだそうだ。なにしろ、誰がどんな本を借りたのかという情報は、図書館の中でもとびっきりのトップシークレットで、たとえ親や兄弟に聞かれても教えられないことになっている。

「だけど、未成年の場合、弁償ということになれば、どうしても保護者の方に連絡しないわけにはいかないでしょう？」

美弥子さんは小さくため息をついた。

そういう場合は原則として、本人を通じておうちの人に連絡してもらうのだそうだ。だけど、小田くんの場合はもともとお母さんに知られたくなくてこんなことをしているのだから、連絡してもらうのは難しい。

そこで、とにかく小田くんが本を持ってくるのを待って、天野さんに本を「診察」してもらおうということになったのだった。

「でもね……」

気が抜けたように座り込んでいる小田くんのそばにしゃがみ込むと、美弥子さんが厳しい表情でいった。

「もし本当に、図書館の中にお腹を空かせた犬が入ってきたりしてたら、大変なことになってたかもしれないのよ」

美弥子さんの言葉に、小田くんは背筋をのばして顔をひきしめた。そんな小田くんの様子に、美弥子さんは表情を緩めて続けた。

「バロンのことを大事に思う気持ちは大切だけど、そのために、ほかのものが目に入らなくなるとしたら、それはとても怖いことなの。だから、今度からなにか困ったことがあったら、一人で悩まずに、わたしたちにも相談してちょうだいね」

小田くんは、しばらくの間、美弥子さんの言葉の意味を一生懸命考えていたみたいだったけど、突然がばっと立ち上がると、

「ごめんなさい」

そういって、ばね仕掛けの人形のようにぴょこんと頭を下げた。

前に聞いたことがあるんだけど、男の子の世界では、絵本を読んだりすることは、なぜか「かっこ悪い」ことなのだそうだ。そんな中、図書館で絵本を借りていく小田くんは、きっと本当に本が好きなんだと思う。だから、今回のことも、悩みに悩んだ末にとってしまった行動なのだろう。

「よかったね」

わたしが小田くんの肩を叩くと、

「うん」

小田くんは、ようやく笑顔を見せた。そして、わたしの方に向き直ると、

「ありがとう、お姉ちゃん」

明るい声で、そういった。

「え？　えっと……あの……」

ひとりっ子のわたしが、聞き慣れない言葉に動揺して言葉に詰まるのを見て、みんなから笑い声がおこった。

わたしは顔が赤くなるのを感じながら、何事もなくて本当によかったな、と思った。もし小田くんのやったことで、本が駄目になったり、子どもが怪我をしていたら、きっとこんなふうには笑えなかったに違いない。

「来週までには、ちゃんときれいに直しておくから、気になるならまた見においで」

天野さんが声をかけると、小田くんは「はい」とうれしそうにうなずいた。

何度も頭を下げながら小田くんが帰っていくと、

「あの……」

安川くんが小さく手を上げて、天野さんに話しかけた。

「ぼくにも、犬退治の方法を教えてもらえませんか？」

「え？」

天野さんが目を丸くして聞き返す。そして、すぐに気がついて、笑顔でうなずいた。

「ああ、ドッグイアのことか。もちろんかまわないけど、どうしたの？」

「図書委員の友達に聞いたんですけど、学校の図書室にも、犬の耳があちこちに隠れてるみたいなんです」

「そうなの？」

驚いたわたしが横から口をはさむと、安川くんは顔をしかめてうなずいた。

「うん。だから、自分たちでなんとか直せないかなと思って……」

「そういうことなら、僕にまかせて。とっておきの方法を教えてあげるよ」

天野さんは嬉しそうにそういって、胸を叩いた。わたしは、学校でみんなが、

「今日は何匹退治した？」

そんなやり取りを交わして、先生が目を丸くしている光景を想像しながら、

「わたしにも教えてください」

そういって、元気よく手を上げた。

第二話

課題図書

緩やかに流れる笹耳川《ささみみがわ》を見下ろしながら、土手の上を一人、自転車で走っていると、すぐ目の前を、赤トンボが一匹、右から左へすいっと横切っていった。

その後を追うようにして、何本もの赤い筋が次から次へと目の前を通り過ぎていく。わたしはペダルをこぐ足を休めて、しばらくの間、その光景を眺めた。

学校から帰って、すぐに家を飛び出してきたので、夕方というにはまだ少し早い時間帯のはずなのに、一本道の向こうに見える空の端は、はやくも茜色《あかねいろ》に染まりはじめていた。

赤トンボは、まるで夕焼けに染められたような真っ赤な体で、右へ左へと飛び回っている。

その様子を見ているうちに、わたしは突然、何年か前に、お母さんと二人でこの土手を散歩した時のことを思い出した。

あの頃のわたしは、赤トンボという名前のトンボがいるんだと思い込んでいた。

ところが、実際には「赤トンボ」という名前のトンボがいるわけではなくて、秋になって体を赤く染めた「ナツアカネ」や「アキアカネ」のことを、わたしたちが赤トンボと呼んでいるだけなのだと、お母さんが教えてくれた。

あの時も、今と同じように、道の向こうに夕焼けのはじまりが見えていたような気がする。

夕焼け、紅葉、赤トンボ……。

「秋は赤色だな」

わたしは口の中で呟くと、赤トンボの群れが通り過ぎるのを待ってから、ペダルを踏み込んだ。

笹耳川をあとにしてから十分もたってないのに、図書館の駐輪場に自転車を停めた時には、空はすっかり茜色に染まっていた。

わたしは自転車の鍵をジーンズのポケットに突っ込むと、自動ドアをくぐった。

とたんに、紙とインクの独特のにおいがツンと鼻をつく。

わたしの大好きな、本のにおいだ。

わたしは両手を体の後ろで組むと、警備員さんが見回りをするような歩き方で、児童書のコーナーへと向かった。

秋の風を体で感じながら川沿いの土手を散歩したり、新しいお店をさがして街の中をぶらぶらするのももちろん楽しいんだけど、本のにおいを感じながら、色とりどりの背表紙の中を歩き回る散歩が、わたしは一番好きだった。

見なれた街にも、通ったことのない道や、入ったことのないお店があるように、通いなれた図書館にも新しい発見はある。

今日の発見は、ある人気ファンタジーシリーズの最新刊だった。最新とはいっても、出版されたのはもう一年近くも前のことで、常に十件以上の予約が入っていたので、ずっと本棚で目にすることがなかったのだ。

予約が入っている本は、返却されるとそのままカウンターの内側にキープされて、次の予約者に貸し出されるので、返却されても本棚に並ぶことはない。だから、この本がここにあるということは、ついに予約がゼロになったということなのだろう。

わたしは、そっと手をのばして本を手にとった。わたしが借りて読んだのは半年以上前なんだけど、それからさらに、何十人もの人の手を渡ってきた本は、まるで何十年も借りられ続けてきたみたいに、ずいぶんくたびれてしまっている。それでも、なにしろ人気のシリーズだから、またすぐに借りられていくに違いない。

束のまの休息に、お疲れさま、と心の中で声をかけながら、本を元の場所に戻した時、後ろから、ポン、と肩を叩かれた。

「しおりちゃん」

振り返ると、同じクラスの吉田茜《よしだあかね》ちゃんが、大判の本を胸に抱いて、にっこりと笑っていた。薄いブルーのワンピースが、背中まである、軽くウエーブのかかった栗色《くりいろ》の髪によく似合っている。

茜ちゃんは、まわりを見回すような仕草をしてから、

「今日は一人？　安川くんは？」

と聞いてきた。

「え？　えっと……塾《じゅく》だって」

わたしはちょっと顔が熱くなるのを感じながら答えた。茜ちゃんは特に深い意味もなく聞いたんだろうけど、よく二人で図書館に通っているせいか、最近は学校でも、安川くんとのことをひやかされることが多いのだ。

「何を借りたの？」

わたしは話題を変えるつもりもあって、茜ちゃんが持っている本を指さした。茜ちゃんは、「これ？」と笑って、胸に抱いていた本をわたしの方に差し出した。

『色と名前』というその本は、どうやら写真集のようだった。表紙には、青空にぽっかりと浮かぶ、ドーナッツみたいにまんまるな虹《にじ》が鮮《あざ》やかに写っている。

わたしはその場に立ったまま、中身をぱらぱらとめくった。写真集といえば、普通は同じもの——空とか花とかイルカとか——ばかりが写っているものだと思っていたけど、この写真集は少し変わっていて、あるページには羽をひろげた白鳥が、次のページには夏の

力強い青空が、そして別のページには湯気の立ったコーヒーが写っていた。

共通しているのは、どれもがひとつの「色」を表しているということだ。白鳥は「白」、青空は「青」、そしてコーヒーは「黒」。「金」と「銀」のページには外国のコインが、そして「黄色」のページには、黄色の帽子をかぶった幼稚園児《ようちえんじ》の集団が写っていた。

「面白いね」

ちょっと感動しながら、何枚かめくったところで、わたしの手が止まった。水平線の向こうに沈んでいく鮮やかな夕陽の写真が、見開きで目に飛び込んできたのだ。

それは「茜色」のページだった。

わたしが顔を上げると、茜ちゃんは照れたように笑いながら、自分の頰《ほお》に手をあてた。

「この前、国語の授業で『自分の名前を調べてみよう』っていうのがあったでしょ？　それで、茜色ってどんな色だろうと思って……」

そういえば、たしかにそんな授業があった。授業では、有名な作家さんのペンネームの由来なんかも教えてもらって、なかなか面白かったんだけど（二葉亭四迷《ふたばていしめい》の由来には笑ってしまった）、自分の名前については、両親がどちらも本に関係した職業――編集者と小説家――だから、本にちなんだ名前になったんだろう、ぐらいにしか考えていなかった。

わたしもちょっと、自分の名前について調べてみようかな、などと考えながら「茜色」のページに目を戻すと、そこには写真だけではなく、色にこめられた意味や漢字の成り立ち、その色が名前に含まれる生き物――ナツアカネとアキアカネの名前もあった――、そして、その色がモチーフになっている映画や小説のタイトルが載っていた。

その中に、お気に入りの児童書のタイトルを見つけて、わたしは嬉しくなった。そのことを茜ちゃんに告げると、

「実は、しおりちゃんだったら知ってるかな、と思って声をかけたの」

茜ちゃんはそういって、小さく舌を出した。

写真集を茜ちゃんに返して、その児童書のある棚に向かおうとした時、

「ねえ、あなたたち、六年生？」

突然背後から、ここが図書館だということを忘れたような、にぎやかな声が聞こえてきた。わたしたちが同時に振り返ると、そこには「黄色」のページに載せてもおかしくないようなブラウスに、アイボリーのパンツをはいた女の人が、らくだ色のハーフコートを腕にかけて立っていた。年齢は、お母さんと美弥子さんの、ちょうど真ん中ぐらいだろうか。

「五年生ですけど……」

なぜか申し訳ないような気持ちになって、わたしが小声で答えると、

「あら、そうなの……」

女の人はおおげさに顔をしかめて、本当に残念そうな顔をした。そして、しばらくなにやら考え込んでいたけど、急に笑顔になってパチンと手を叩き、

「そっか。五年生でもいいんだわ」

そんなことをいいながら、わたしたちに顔を近づけた。何がなんだかわからずに、わたしたちが顔を見合わせていると、

「驚かせて、ごめんなさいね」

さすがに館内の注目を集めていることに気がついたらしく、女の人は声をひそめていった。

「実はわたし、課題図書をさがしてるんだけど……」

「課題図書?」茜ちゃんが首をかしげた。

「読書感想文の課題図書ですか?」

「そうなの」と、女の人はうなずいて、

「六年生向けの課題図書をさがしてたんだけど、よく考えたら、ああいうのって五年生も六年生も同じよね?」

女の人の言葉に、わたしたちは同時にうなずいた。たしかに、課題図書は「低学年向け」「中学年向け」「高学年向け」というふうに分けられるので、五年生と六年生の課題図書は同じ本になる。

ちなみに、以前美弥子さんに教えてもらったんだけど、図書館における課題図書の人気のピークは、年に二回あるらしい。

一回目は、もちろん夏休みだ。感想文はたいてい夏休みの宿題に出されるので、その年の課題図書が発表されると、一気に予約が入ってしまう。だけど、図書館の本には限りがあって、普通に貸し出しをしていたらほとんどの子が読めないまま夏休みが終わってしまうので、夏休みの課題図書に限っては、通常二週間の貸し出し期限を五日間にしているのだそうだ。

そして二回目が、感想文コンクールの発表直後だった。コンクールで優秀作に選ばれた感想文は新聞に載るので、それを読んだ人たちが、元になった本に興味を持って借りていくらしい。だから、二回目のピークは、子どもよりも大人が借りていくことが多いのだと美弥子さんがいっていた。

だけど、いまはもう、その第二のピークも過ぎているはずだ。

「どうして課題図書をさがしてるんですか？」

不思議に思ったわたしが聞くと、女の人は胸の前で手を組み合わせて、真剣な顔でいった。

「お見舞いなの」

ロビーに場所を移してソファーに腰をおろすと、わたしたちはお互いに自己紹介をした。

溝口《みぞぐち》さんと名乗ったその女の人は、自分のお姉さんの娘さん——つまり、姪御《めいご》さんへのお見舞いをさがしに来たのだといった。

「葉月《はづき》ちゃんっていって、いま六年生なんだけどね、すっごく本が好きな子で、読書感想文コンクールにも毎年応募してて、学年の代表にも選ばれたことがあるの。葉月ちゃんのお母さんっていうのがわたしの姉なんだけど、若い頃に小説家を目指してたことがあって、葉月ちゃんもその影響を受けてるみたい」

まるで自分の娘のことのように誇らしげに話していた溝口さんが、そこで急に顔を曇らせた。

「その葉月ちゃんが、二週間前に歩道橋で転んで、足の骨を折っちゃったのよ」

二週間前といえば、秋の長雨が降り続いていた頃だ。お母さんが、洗濯物《せんたくもの》が乾かないとぼやいていたので、よく覚えている。

「入院してるんですか？」

痛そうに顔をしかめながら、茜ちゃんが聞いた。溝口さんは首を振って、

「しばらく入院してたんだけど、怪我自体はそんなにたいしたことなかったから、先週には退院して自宅に戻ってるの。ただ、それ以来、なんだかふさぎ込んじゃって……」

溝口さんはそこで言葉を切ると、突然わたしたちの方に顔を突き出して、にやっと笑った。

「わたしって、お喋りでしょ？」

わたしたちは返事に困って顔を見合わせた。溝口さんは笑いながら、

「いいのよ、自分でもわかってるんだから」

そういって、手をひらひらと泳がせると、

「葉月ちゃんは、こんなわたしのお喋りを、いつもにこにこしながら聞いてくれてたの。それが、骨折してからは浮かない顔でぼんやりしてることが多くて……」

声のトーンをすとんと落として話を続けた。

「退院したとはいっても、まだギブスは取れてないから、家の中ぐらいしか動き回れないのよ。だからわたし、葉月ちゃんの元気がないのは退屈してるせいだと思って、昨日お見舞いにいった時に『なにか読みたい本はない？』って聞いてみたの。そうしたら――」

ベッドの上で体を起こして、窓の外を眺めていた葉月さんが、ぽつりと、

「わたしの課題図書が読みたいな」

と呟いたのだそうだ。

ちょっと時期外れだな、と思いながらも、溝口さんは胸を叩いた。

「課題図書ね？　わかった、まかせて。課題図書の、なんていう本？」

ところが葉月さんは、溝口さんの言葉にハッと振り返ると、

「ごめん、やっぱりいい」

　そういって、慌てた様子で首を振った。そして、気分が悪いからといって、ベッドにもぐり込んでしまったのだ。

「――結局昨日は、それっきり、何も教えてもらえなかったの。だから、課題図書ってどんな本があるのか、とりあえず見てみようと思って……」

「課題図書か……」

　わたしは図書館の天井を見上げた。わたしの通っている雲峰小学校では、夏休みの宿題を「読書感想文」と「自由研究」から選ぶ事が出来るんだけど、感想文が苦手なわたしは、毎年「自由研究」の方を選んでいた。そのせいもあって、今年の課題図書がなんだったのか、あんまり記憶に残っていない。わたしが記憶をさぐっていると、

「あの……」

　茜ちゃんが、溝口さんの顔をのぞき込むようにして口を開いた。

「課題図書にも、いろいろあると思うんですけど……」

「え？　そうなの？」

「はい」

　意外そうな顔の溝口さんに、茜ちゃんは、全国的な読書感想文コンクールの課題図書のほかにも、県が推薦《すいせん》する「推薦図書」や、市の読書クラブが子どもたちにおすすめする「おすすめ図書」なんかがあって、それらも学校ではまとめて「課題図書」と呼ぶことが

ある、と説明した。

「そうなんだ……」

　溝口さんが困った顔で腕を組んだ。

　こうなったら、誰かに聞いた方が早そうだと思ったわたしは、首をのばして、館内を見回した。だけど、こういう時に限って、手の空いている職員さんが見当たらない。それでもカウンターにいけば誰かいるだろうと思い、

「ちょっと、聞いてきますね」

　立ち上がろうとしたわたしを、

「あ、待って」

　溝口さんが慌てた様子で止めた。

「できたら、図書館の人には内緒でさがしたいの」

「内緒で……ですか？」

　わたしは座り直して首をかしげた。そういえば、溝口さんは最初から、職員さんではなくわたしたちに声をかけてきたのだ。

「実はね……」

　溝口さんは困った顔で言葉を続けた。

「わたしは雲峰市に住んでるんだけど、葉月ちゃんは空知《そらち》市に住んでるのよ」

空知市というのは、雲峰市の二つ隣りにある、海の近くの小さな街だ。

「だから、もしこの図書館でさがしてる本が見つかったとしても、わたしのカードで借りて、それを葉月ちゃんに貸すことになっちゃうの」

「うーん……」

わたしは困った。図書館では、お母さんが赤ちゃんのために絵本を借りたりするような場合以外、ほかの人のカードを使って本を借りたり、自分で借りた本をほかの人に貸す「又貸し」は禁止されているのだ。

だけど、それもさがしている本が見つかってからの話だ。本さえ見つかれば、溝口さんが本屋さんで買って帰ってもいいのだから。

図書館の各階には検索機があって、本のタイトルや作者の名前、キーワードなんかを入力すれば、さがしている本が図書館のどこにあるのか、すぐにわかるようになっている。だけど、今回はタイトルも作者名もわからないし、「課題図書」というキーワードで検索しても、多分出てこないだろう。

「課題図書の一覧表があったらな……」

わたしが呟くと、

「ねえ、『図書館だより』は?」

西ちゃんが、わたしの腕をつついた。

「あ、そうか」

わたしは手を叩いた。図書館だよりというのは、図書館が月に二回発行している、八ページくらいの小冊子《しょうさつし》で、新刊情報や司書さんのおすすめ本、クリスマス会の予定なんかが載っている。たしか、その図書館だよりの夏休み号に課題図書の一覧表が載っていたはずだ。

わたしは勢いよく立ち上がると、カウンターのそばにある、わたしと同じくらいの高さの棚の前で足を止めた。図書館の利用案内や人形劇のお知らせなど、色とりどりのチラシやパンフレットが、表紙をこちらに向けた形で並べられている。

わたしはちょうど目の高さにあった図書館だよりの棚に手をのばすと、パカッと手前に引いた。この棚は、郵便受けのように手前に開くようになっていて、裏にはそのパンフレットのバックナンバーが入っているのだ。

思っていた通り、図書館だよりの夏休み号は、半分以上のページを使って課題図書を特集していた。わたしは十部近く残っていた夏休み号を三部抜き取ると、ソファーに戻って溝口さんと茜ちゃんに渡した。

「課題図書って、こんなにあるの？」

さっそく一覧表に目を通しながら、溝口さんは呆れたような感心したような声をあげた。

「でも、高学年向けのものだけにしぼれば、そんなに多くないですよ」

図書館だよりを開きながら、茜ちゃんがいった。

「それに、もしかしたら、一冊にしぼれるかもしれないし」

「え？」

わたしは思わず声をあげた。

「茜ちゃん、葉月さんの読みたがってる本がわかるの？」

「だって、葉月さんは『わたしの課題図書が読みたい』っていってたんでしょ？　だったら、今年のコンクールに感想文を出した本じゃないかな」

「なるほど」

溝口さんは、自分の膝をパシンと叩くと、ソファーから立ち上がった。そして、

「それなら、姉さんに聞けばわかると思う。葉月ちゃんをびっくりさせたいから、出来れば本人には内緒にしておきたいの。この一覧表も、一応もらっていくわね。二人とも、どうもありがとう」

それだけを一気に言い切ると、わたしたちにあいさつを返す暇もあたえずに、図書館を飛び出していった。

その後ろ姿を呆然《ぼうぜん》と見送ったわたしたちは、溝口さんの姿が見えなくなると、顔を見合わせて同時に吹き出した。

「そういえば、しおりは夏休みの感想文、一度も書いたことないんじゃない？」

コーヒーカップを片手に、お母さんがいった。夕食後のティータイム。テーブルには、図書館だよりの夏休み号がひろげてある。

「だって苦手なんだもん」

わたしは薄めの紅茶が入ったマグカップを両手で持ちながら、くちびるをとがらせた。出会えてよかったなと思える本を読んだ時は、ため息が出るだけで、ほかにはなにもいえなくなるし、そうでない本に出会ってしまった時には——やっぱりため息が出て、なにもいえなくなってしまう。

「それに」と、わたしは続けた。

「わたし、課題図書ってあんまり好きじゃないし」

「あら？　でも、『ブレイクショット！』とか『秘密のドーナッツ工場』は面白かったっていってたじゃない」

『ブレイクショット！』は、美人の先輩《せんぱい》に一目ぼれして廃部寸前のビリヤード部に入部した中学一年生が、クラブを廃部から救うために大活躍するスポーツもので、『秘密のドーナッツ工場』は、ある街に突然現れた、すごくおいしくて値段も安い移動販売のドーナッツ屋さんの秘密を、街のパン屋さんの息子がさぐろうとする冒険ものだ。ちなみに『秘密の——』は、ストーリーと同時に、ドーナッツの材料である小麦粉や卵がどこで収穫されて、どういうルートを通って工場に運ばれ、ものの値段がどうやってきまっていくかといった、流通の仕組みも学べるようになっている。

　どちらも去年の課題図書で、たしかにすごく面白かったんだけど、『ブレイクショット！』は中学生向け、『秘密の——』は小学校高学年向けで、どちらも対象学年が違っていたのだ。

　それに、わたしが好きじゃないのは、課題図書そのものではなくて、課題図書がきめられていることだった。

　さすがに何千冊という本の中から選ばれるだけあって、課題図書には面白い本が多いんだけど、わたしにとっては「本を選ぶ」ことも、読書の楽しみのひとつなのだ。わたしがそういうと、

「しおりみたいに、図書館通いが趣味《しゅみ》みたいな子はいいんだけどね——」

　お母さんはコーヒーを一口飲んで、微笑んだ。

「日頃、あんまり本を読まない子にとっては、課題図書ってけっこう便利なのよ。ゼロから本を選ぶっていうのは、なかなか大変な作業だからね」

　お母さんの言葉を聞いて、わたしは今年の夏休み、まだ図書館初心者だった安川くんが、感想文を書くための本を図書館にさがしに来て、背表紙がずらっと並ぶ本棚を前に途方に

くれていたことを思い出した。

たしかに、めったに本屋や図書館にいかない人が、いきなりあの大量の本を前にして「読みたい本を選びなさい」といわれても、困ってしまうだろう。

わたしはあらためて、図書館だよりを引き寄せた。

今年の小学校高学年向けの課題図書は、日本の小説と、外国の小説、それにノンフィクションが一冊ずつの、計三冊だ。

そのほかに、県の「推薦図書」が五冊と、市の読書クラブの「おすすめ図書」が四冊、それから、雲峰市立図書館が独自に紹介している夏休みのおすすめ本が十冊あるけど、葉月さんが住んでいるのは空知市だから、あとの二つは関係ないはずだった。

葉月さんが読みたいと思ってる本は、この中のどれなんだろう……。

図書館だよりをじっと見つめながら、そんなことを考えていると、

「だけど、おかしいわね」

お母さんがぽつりと呟いた。

「なにが？」

「だって、葉月ちゃんのおうちは、お母さんがこういうことにすごく熱心なんでしょう？だったら、課題図書は感想文を書くために、本屋さんで買ってあるんじゃないかしら」

「あ、そうか」

たしかに、いわれてみれば、その方が自然な気がする。わたしはちょっと考えてから、

「もしかしたら、コンクールに出したのとは別の課題図書が読みたかったのかも」

と答えた。だけど、お母さんは首をひねって、

「それなら、本のタイトルを口にするんじゃない？」

「課題図書ならなんでもよかったとか……」

「でも、葉月ちゃんは『わたしの課題図書』っていってたんでしょ？」

「うーん……」

今度はわたしが首をひねる番だった。お母さんは続けて、

「それに、その溝口さんの話だと、葉月ちゃんって、すごく本が好きな子なんでしょ？

そんな子が、そんな頼み方するかな……」

わたしはまたちょっと考えてから、今度はきっぱりと首を振った。もしわたしが家から出られないような怪我をして、誰かに代わりに図書館にいってもらうなら、借りてきてほしい本のタイトルか、シリーズ名か、作者の名前をはっきりと口にするだろう。わたしがそういうと、

「まあ、みんながみんな、しおりみたいに本にこだわりがあるとは限らないけどね。溝口さんの聞き間違いっていう可能性も、ないわけじゃないし」

お母さんは笑って肩をすくめた。

「今度、もし溝口さんと会えたら、どうだったか聞いてみるね」

空になったカップをテーブルに戻しながら、わたしはいった。同じ市内に住んでるんだから、そのうち会えるだろうとは思っていたんだけど、再会の機会は意外と早く訪れたのだった。

次の日の夕方。図書館のロビーで、わたしがソファーに座って借りたばかりの本をリュックに詰め直していると、

「茅野さん」

聞き覚えのある声が、入り口の方から聞こえてきた。顔を上げると、昨日と同じハーフコートを腕にかけた溝口さんが、館内に入ってくるところだった。

「溝口さん」

わたしは驚いて、反射的に立ち上がった。溝口さんはホッとしたような表情を浮かべながら、

「よかった。ここに来たら会えるんじゃないかと思って……」

そういって、わたしの手を握った。

「課題図書は見つかったんですか？」

わたしが尋ねると、溝口さんは大きく眉を寄せた。

「それが、よくわからないのよ」

「え？」

わたしが聞き返すと、溝口さんはソファーに腰を下ろして話し出した。

昨日、わたしたちと別れた溝口さんは、その足で葉月さんの家を訪ねて、今年のコンクールに感想文を送った本について、お姉さんに聞いてみた。すると、

「それなら、うちにあるわよ」

お姉さんはあっさりとそう答えて、自分の書斎《しょさい》から、今年の高学年向けの課題図書を一冊持ってきたのだそうだ。

「だったら、去年の課題図書だったのかも」

わたしは、ふと思いついたことを口にしてみた。だけど、溝口さんはすぐに首を振って、

「いままでコンクールに出した課題図書は、全部姉さんの書斎の本棚にそろってるの」

と答えた。

「それじゃあ、きっと感想文を出さなかった課題図書のどれかなんですよ」

わたしはリュックから図書館だよりを引っ張り出した。だけど、溝口さんは大きなため息をついて、ゆっくりと首を振った。

「わたしもそう思って、結局、昨日もらった図書館だよりをそのまま葉月ちゃんに見せる

ことにしたの。ほんとは内緒にしておきたかったんだけど、本人が読みたがってない本をお見舞いに持っていってもしょうがないしね。そうしたら――」

課題図書の一覧表を目にした葉月さんは、ベッドの上で首を振ると、

「ごめんなさい、おばさん。わたしが読みたい本は、この中にはないの」

溝口さんに頭を下げながら、泣きそうな顔でそういったのだそうだ。

「え？」

驚いた溝口さんが思わず声を上げた時、お姉さん――葉月ちゃんのお母さんが、晩御飯が出来たと告げに来たため、話はそこで途切れてしまった。

「この中にないんですか？」

わたしは図書館だよりのリストをあらためて見直した。ここに載っていない課題図書となると、考えられるのは、過去の課題図書か、空知市が独自に指定した推薦図書ということになるけど……。

「葉月さんのお母さんには聞いてみたんですか？」

わたしが聞くと、溝口さんは複雑な表情で首を振った。

「実は昨日、突然謝《あやま》ったあとで、葉月ちゃんが一瞬、何かいおうと口を開きかけたの。だけど、姉さんが部屋に入ってきたとたん、慌てて口を閉じちゃって……なにか事情がありそうだったから、姉さんには何もいってないんだけど……」

「わたしの課題図書……か」

わたしは口の中で呟いてみた。もしそれが、課題図書や推薦図書とは関係のない〈わたしだけの課題図書〉という意味だとしたら、わたしたちには推理《すいり》のしようがない。

「それで、ほかに手がかりもないし、とにかく自分でリストの課題図書を読んでみようと思って来たんだけど……」

溝口さんの言葉に、わたしは壁《かべ》の時計を見上げた。閉館時刻まで、あと三十分ほどしかない。

「わたしも手伝います」

わたしたちは手分けをして、課題図書を集めることにした。わたしが一階で小説を、溝口さんが二階でノンフィクションをさがす係だ。

わたしが図書館だよりを片手に、児童書のコーナーをうろうろと歩き回っていると、

「あら、しおりちゃん」

本棚の陰から、モスグリーンのエプロンをつけた美弥子さんが、ひょっこりと顔を出した。

「なにかさがしもの？」

「うん。ちょっと課題図書を……」

わたしが美弥子さんに図書館だよりを見せると、

「課題図書？」

美弥子さんは、ちょっと意外そうな顔をして、それから頬に手をやった。

「うーん……まだ第二のピークが終わり切ってないから、もしかしたら本棚にはあんまり並んでないかも」

「え、そうなの？」

わたしはびっくりして声を上げた。美弥子さんはうなずいて、

「優秀作の発表があったのはだいぶ前だから、予約のピークは過ぎてるんだけどね。その時に集中した予約が、まだ終わってないのよ」

「そっか……」

わたしはがっかりして、図書館だよりに視線を落とした。

「どの本をさがしてるの？」

体をかがめて、図書館だよりをのぞき込む美弥子さんに、わたしはこれまでの事情を簡単に説明した。

わたしが話し終えると、美弥子さんは頬に手を当てた姿勢のままでしばらく考え込んでいたけど、やがて、

「わたしの課題図書、か……」

小さな声で呟くと、

「ちょっとここで待っっててくれる？」

そういい残して、貸し出しカウンターの奥にある事務所の中へと、足早に姿を消した。

わたしがその場で待っていると、美弥子さんは一分もたたないうちに戻ってきて、一冊のハードカバーをわたしに差し出した。

どうやら、外国の児童書のようだ。表紙の真ん中では、金髪の少女が座って本を読んでいる。そして、そのまわりには、何十冊、何百冊という本が積み上げられ、いまにも崩れ落ちそうな壁をつくっていた。

なにげなくその本のタイトルを目にしたわたしは、思わず「あっ！」と声をあげて、美弥子さんの顔を見た。

「これって……」

美弥子さんはにっこり笑ってうなずいた。

「その女の子が読みたかった本って、これじゃないかしら」


溝口さんを二階の奥で見つけたわたしは、引っ張るようにしてロビーまで連れてくると、美弥子さんの紹介もそこそこに、さっそく本を見せた。

「あっ！」

本を手にした溝口さんは、わたしと同じ反応を示すと、

「こんな本があったんですね……」

そう呟いて、表紙に書かれた本のタイトルをじっと見つめた。

『わたしの課題図書』――それが、この本のタイトルだった。

「『わたしの課題図書』が読みたい」

葉月さんははじめから、答えを口にしていたのだ。ただ、「赤トンボ」という名前のトンボがいないように、『課題図書』という名前の本はないと、わたしたちが勝手に思い込んでいただけだったのだ。

「しおりちゃんから話を聞いた時、わたしも葉月さんが本のタイトルをいわなかったことを不思議に思ったんです」

美弥子さんが、静かに語り始めた。閉館間際の図書館で、わたしたちは、入り口に一番近いソファーに並んで腰を下ろしていた。

「コンクールに毎年応募しているのなら、課題図書に何があるのか知ってるはずなのに、どうして葉月さんは読みたい本のタイトルを口にしなかったのか――そう考えた時、この本のことを思い出したんです」

「これは、どういうお話なんですか？」

溝口さんの問いに、美弥子さんは話し出した。

主人公は、メイという名の本が大好きな女の子で、葉月さんと同じ十二歳。舞台はアメリカの田舎町《いなかまち》で、どうやらメイの住んでいる州にも、日本と同じような読書感想文コンクールがあるらしい。

ある年の夏、母親が妹のために買ってきた低学年向けの課題図書を読んで感動したメイは、その本の感想文を書いて学校に提出する。その感想文が、学校の手違いで妹の名前で州のコンクールに送られてしまい、しかも入選してしまったことから騒動がはじまるのだが——。

「もちろん、この本が葉月さんのさがしている本だときまったわけでは……」

ためらいがちな美弥子さんの言葉に、

「いいえ、この本で間違いないと思います」

溝口さんはきっぱりといい切った。そして、「この本のあらすじを聞いて、思い出したことがあるんです」と続けた。

「たしか、夏休みが終わる直前のことでした。何かの拍子《ひょうし》に、葉月ちゃんが突然『二年生に戻りたいな』って呟いたことがあったんです。一年生じゃなくて、どうして二年生なんだろうって不思議だったのと、表情がひどく真剣だったので印象に残ってたんですけど……」

溝口さんは図書館だよりを開くと、低学年向けの課題図書の中から、一冊の本を指さした。それは、ペンフレンドの女の子に会いにいくために海を渡るイルカの話だった。

「あれはたぶん、『低学年に戻りたい』っていう意味だったんでしょうね。この人、葉月ちゃんの好きな作家さんなんです。きっと、この本の感想文を書きたかったんだけど、それだと学年が違ってコンクールに応募できないから……」

「でも……」

美弥子さんが不思議そうに首をかしげた。

「それなら、課題部門じゃなくて、自由部門に応募するっていう方法もあると思うんですけど……」

感想文コンクールには、課題図書だけを対象とする課題部門と、どんな作品の感想文でもかまわない自由部門とがある。

だけど、別の学年の課題図書を読んで、それを自由部門に応募してもいいのかな……。

わたしがそんな疑問を頭に浮かべていると、溝口さんが硬い表情で首を振った。

「それはたぶん、姉に――お母さんに反対されると思います。姉は、自由部門よりも課題部門の方が入選する確率が高いって思ってますから」

「え？　そうなんですか？」

わたしが聞き返すと、溝口さんは肩をすくめた。

「本当かどうかはわからないけど、少なくとも姉さんはそう信じてるみたいなの」

「でも……」

口ごもるわたしに、

「たしかに、入選する確率で読む本を選ぶなんて、ばかばかしいと思うけどね……」

溝口さんは苦笑を浮かべてため息をついた。

「姉さんは、そういう人なの。昔から、人の評価をなにより気にする人だったから。小説を書いてた時も、自分が書きたいものより、選考を通りやすいものや、入選しやすいものを書こうとして……もちろん、それが悪いわけじゃないのよ。入選したり、人に認められたら、やっぱり嬉しいし。だから、葉月ちゃんにもその喜びを知ってほしくて、入選するような感想文を書かせようとしたんだろうけど……葉月ちゃんには、だんだんそれが辛くなってきたんじゃないかな」

葉月さんにも、お母さんのそういう気持ちは伝わっていたんだろう、とわたしは思った。だから、この『わたしの課題図書』が読みたいということを、正直にいい出せなかったのだ。この本の内容をお母さんが知れば、葉月さんがお母さんの方針に不満を持っていることがばれてしまうから。

「葉月さん、今年はコンクールに応募したのかな……」

わたしが呟くと、溝口さんは首をひねって、

「姉さんが何もいってなかったところを見ると、応募はしたんじゃないかな……ただ、葉

月ちゃんの中にはずっと不満や迷いがあったんだと思う。そんな時に、インターネットか何かでこの本のことを知って、興味をもったんでしょうね」

「この本の中に、こんな台詞があるんです」

美弥子さんが本の表紙に手を置いて、一言一言嚙みしめるように暗唱した。

「『低学年向け』とか『高学年向け』って、大人が勝手にきめていくけど、わたしにとっては、この本が『わたし向け』なの」

「ほんとにそうですね」

溝口さんは肩の力を抜いて微笑むと、

「この本、借りて帰れますか？」

と聞いた。

「ごめんなさい」

美弥子さんは、申し訳なさそうに首を振った。

「実は、まだ購入したばかりで、貸し出し登録が済んでないんです」

図書館で購入した本は、すぐに本棚に並べられるわけではない。本がいたまないよう、一冊一冊にビニールのコーティングをして、バーコードをつけてコンピューターに登録しないといけないのだ。

「そうですか」

溝口さんは落胆した様子もなくいった。

「それじゃあ、本屋さんでさがしてみます」

「だったら――」

美弥子さんは、駅前にある「大正《たいしょう》書店」という本屋の名前をあげた。

「あそこなら、確実にありますから」

「ありがとうございます。これで、やっと葉月ちゃんにお見舞いを持っていくことができます」

溝口さんは勢いよく立ち上がると、膝に頭がつきそうなくらい深くお辞儀をした。そして、わたしの方を向いて、

「茅野さんも、ありがとう。吉田さんにもよろしくいっておいてね」

コートを羽織《はお》りながら、もう一度小さく頭を下げた。

「あ、はい……」

わたしが慌ててお辞儀を返して頭を上げると、溝口さんの姿はもう、自動ドアの向こうへと消えていくところだった。

その素早さにあっけにとられている美弥子さんの腕を、わたしはトントンと叩いた。

「ん？　なあに？」

こちらに顔を向けた美弥子さんの手の中の本を指さして、わたしはいった。

「その本、予約入れてもいい？」

「――それで、結局どうなったの？」

両手を背中で組んで歩きながら、茜ちゃんがわたしの顔をのぞき込んだ。わたしは「うん」と意味のないあいづちを打つと、足を止めて、

「葉月さんが読みたがってたのは、やっぱりこの本だったの」

そういいながら、リュックから『わたしの課題図書』を取り出した。

よく晴れた日曜日の午後。わたしたちは、笹耳川を見下ろす土手の上を、並んで歩いていた。涼やかな風が川原《かわら》のススキをサワサワと揺らし、柔らかな日差しを受けた川面《かわも》がキラキラと光っている。

昨日、溝口さんから図書館に、お礼とその後の経過を知らせる電話があったと美弥子さんから聞いたわたしは、報告がてら、茜ちゃんを散歩に誘ったのだ。

溝口さんの話によると、『わたしの課題図書』を目にした葉月さんは、はじめは驚いた様子で何もいわなかったけど、やがて、「実は以前から、感想文コンクールのために読む本をきめられたり、結果を求められるのが辛かった」と告白したのだそうだ。

葉月さんが『わたしの課題図書』のことを知ったのは、退院して自宅に戻った直後だっ

た。インターネットで新刊図書をチェックしていて、そのタイトルと内容に興味を持ったんだけど、なにしろ「課題図書が気に入らなくて、コンクールに別の学年の課題図書で応募しようとする女の子の話」だ。自分がそんな本を読みたがっていると知ったら、お母さんはきっとショックを受けるだろう——そう考えると、買うにしても借りるにしても、お母さんに頼むわけにはいかなかった。かといって、まだ一人では外出できない。

そんな時に、溝口さんに読みたい本はないかと聞かれて、反射的にその本のタイトルを答えてしまったのだ。

ところが、溝口さんはそれを本のタイトルではなく「課題図書の中の一冊」のことだと勘違いした。

「葉月さんは、溝口さんが勘違いしてることはすぐにわかったんだけど、その本のことがいい出せなかったから、わざと誤解されたままにしておいたんだって」

わたしはふたたび歩き出しながらいった。

「でも——」

茜ちゃんは、心配そうな顔で、コツンと小石を蹴飛《けと》ばした。

「そんなことしてたら、いつまでたっても、読みたい本が読めないままになっちゃうよ」

「そうだよね」

わたしはうなずいた。美弥子さんも「このままだと、読みたい本だけじゃなく、見たいものも、いきたいところも、やりたいことも我慢しなくちゃならなくなるかもしれませんよ」と溝口さんにいったらしい。溝口さんはその言葉を聞いて、もう一度葉月さんと話し合ってみるといった。そして――

「葉月さん、お母さんに思ってることをちゃんと話すことにしたんだって」

わたしがいうと、

「そっか……」

茜ちゃんはほっとしたように表情を緩めて、川の流れに目をやった。

わたしもつられて川を眺めながら、読みたい本が読めるということは、もしかしたら、とても幸せなことなのかもしれないな、と思った。

「あ、赤トンボ」

茜ちゃんが指さした先を見ると、二匹の赤トンボが、お互いに交差しながらススキの上を飛んでいるのが見えた。

「茜ちゃんとおんなじ名前だね」

わたしがそういうと、茜ちゃんは一瞬きょとんとしたけど、すぐに「ほんとだね」と笑った。

一緒になって笑いながら、わたしは、今度図書館にいったら、海を渡るイルカの話を読んでみようと思った。

第三話

幻の本

ものにはそれぞれ名前がある。

たとえば、わたしたちが普段「一月」「二月」と数字で呼んでいる月にも、それぞれ名前がついていて、七月は七夕に願い文を書くから「文月《ふみつき》」、九月は夜が長いから「長月《ながつき》」、十一月は霜《しも》がおりるから「霜月《しもつき》」と呼ぶらしい。

そして、十二月は「師走《しわす》」。ここでいう「師」とはお坊さんのことで、つまり十二月とは「いつもは落ちついているお坊さんも走り回るくらい忙しい月」というわけだ。

もっとも、十二月は小学生だって忙しい。なにしろ、終業式が終わったら、冬休み、クリスマス、大みそかにお正月と、ビックイベントが次から次へとひかえていて、どうせなら、少しぐらいほかの月――たとえば六月とか――にも分けてあげればいいのに、と思うくらいだ。

そんな十二月最初の日曜日。昼食を食べ終えたわたしが、リビングで図書館にいく準備をしていると、

「まだ雪も降ってないのに、雪だるまが出来たみたいね」

お母さんが、わたしの格好を見て笑った。

確かに、毛糸の手袋に毛糸のマフラー、毛糸の帽子《ぼうし》にダウンジャケットという完全装備にくわえて、赤いマフラー以外は全部真っ白なのだから、雪だるまといわれても仕方がない。

「雪だるま、いってきまーす」

開き直って部屋を一歩出たとたん、北風が顔をぴしゃりとなでた。

「うわっ」

わたしは悲鳴をあげながら、エレベーターへと足を速めた。

「あー寒かった」

わたしは図書館の中に駆け込むと、手袋をぬいだ手をほっぺたに当てた。

「あら、しおりちゃん」

ロビーの真ん中で、クリスマスツリーの飾り付けをしていた美弥子さんが、わたしの姿を見て目を丸くした。

「どうしたの？　まるで雪だるまみたいよ」

「あ、やっぱり？」

わたしは帽子とマフラーを外して、最後にダウンジャケットを脱いだ。まるで宇宙服を脱いだみたいに、体が軽くなる。

身軽になったわたしは、美弥子さんの隣りに立って、わたしよりも少しだけ背の高いツリーを見上げた。本当はもっと巨大なツリーを玄関の外に立てようという計画もあったらしいんだけど、あんまり大きいと倒れた時に危ないということで、この大きさに落ち着いたのだそうだ。

少し早目のクリスマス気分を味わいながら、ツリーのそばを通りぬけて児童書のコーナーに向かったわたしは、新着図書の棚で水野《みずの》遠子《とおこ》さんの新刊を見つけて手に取った。水野さんは雲峰市に住んでいる児童文学の作家さんで、この春に、娘さんのカナちゃんを通じて知り合いになったのだ。

水野さんの新刊は、どうやらSFのようだった。時は三十四世紀。中学生の「僕」は、夏休みを利用して宇宙コロニーで働くお父さんのところに遊びにいくため、宇宙船に乗船するんだけど、途中で隕石《いんせき》が衝突《しょうとつ》して、宇宙船は航路から遠く離れた小さな星に不時着してしまう。しかも、その宇宙船は電子頭脳が操縦していたので、乗っていたのはすべて中学生以下の子どもばかりだった。

エンジンも通信機も壊れた宇宙船で、主人公たちは、地球の二倍近い重力や、恐ろしい猛獣、飢《う》えや渇《かわ》きと戦いながら、力を合わせて地球に帰ろうとする——という話らしい。

タイトルは『僕たちの遙《はる》かな旅路』。

さらにわたしは、隣りに並んでいた『魔法使いの通信簿』に手をのばした。魔法使いシリーズの最新作で、魔法学校の成績があまりよくない魔法使いのベルカが、冬休みの補習から逃れるために追試験に挑《いど》むという設定が、なんだか人ごととは思えない。

雲峰図書館の貸し出し冊数は、一人五冊までと決まっている。家に二冊、借りたままになっている本があるので、これで合計四冊だ。ＳＦとファンタジーを選んだから、あと一冊はミステリーかな……そんなふうに指折り数えながら、わたしがミステリーの棚へ向かおうとした時、

「ラ～ラララ～」

どこからか小さな歌声が聞こえてきて、わたしは足を止めた。携帯電話の着メロや着歌なら、たまに聞こえてくることがあるけど、こんなにはっきりとした歌声は珍しい。まわりを見回したわたしは、歌声の主を見つけて、もっと驚いた。歌っていたのは、天野さんだったのだ。しかも、天野さんは相談カウンターの中で、受話器を片手に真剣な顔で歌っている。

「ラララ……え？　違う？　ララ～ララ、ですか？」

天野さんは、時折歌を中断すると、電話の相手に話しかけ、そしてふたたび眉間《みけん》にしわを寄せながら、受話器に向かって同じようなフレーズを何度も繰《く》り返していた。途切れ途切れでわかりにくいけど、どうやら、いま人気のアニメの主題歌のようだ。それにしても、

どうしてあんなに一生懸命に歌ってるんだろう、と不思議に思って見ていると、

「しおりちゃん、どうしたの？」

ちょうどカウンターの中から出てきた美弥子さんに声をかけられた。

「天野さん、なにしてるの？　あれってアニメの主題歌でしょ？」

わたしがなにげなくそういうと、美弥子さんはハッと目を見開いて、わたしに顔を近づけた。

「しおりちゃん、あの曲を知ってるの？」

その勢いに驚きながらも、わたしが小刻みに何度もうなずくと、

「ちょっとこっちに来て」

美弥子さんは、突然わたしの腕をつかんで、相談カウンターの中へと引っ張り込んだ。

そして、天野さんと短く言葉をかわすと、

「しおりちゃん。いまの歌、ちょっと歌ってみてくれる？」

今度は二人でしゃがみ込んで、真剣な顔でわたしの口元に注目した。わたしは何がなんだかわからないまま、二人に気圧《けお》されるように、サビのところを小さな声で歌った。すると、

「それだ！」

天野さんは興奮した様子で立ち上がって、受話器に向かって、いまのメロディをもう一

度繰り返した。そして、

「しおりちゃん、いまの歌、なんていうアニメの主題歌か知ってる？」

と聞いてきた。

「うん、知ってるよ」

わたしがそのアニメのタイトルを口にすると、天野さんはまた電話に戻って、熱心な口調で話し出した。

「……ねえねえ」

わたしは美弥子さんのエプロンのすそを引っ張ると、声を落として聞いた。

「いったい、何が起きてるの？」

「実はね……」

美弥子さんがわたしの耳に口を近づけて答えようとした時、

「しおりちゃん、ありがとう。おかげで助かったよ」

電話を終えた天野さんが、わたしの手を握って、上下にぶんぶんと振り回した。カウンターの外では、お客さんが何事かという顔でこちらの様子をうかがっている。わたしは恥《は》ずかしくなって、逃げるようにカウンターを飛び出した。

そのままの勢いでロビーまで戻ったところで、美弥子さんが追いかけてきた。

「ごめんなさいね。びっくりしたでしょう？」

美弥子さんの言葉に、わたしは力いっぱいうなずいた。美弥子さんはくすくす笑うと、壁の時計を見上げて、

「ちょうど休憩《きゅうけい》時間だから、お茶にしましょうか」

そういいながら、わたしを図書館の外へと押し出した。


「さっきの電話は、お孫さんへのクリスマスプレゼントをさがしていた、あるおばあさんからの電話だったの」

図書館の隣りにある『らんぷ亭』という小さな喫茶店の窓際の席で向かい合うなり、美弥子さんはそんなふうに話を切り出した。

らんぷ亭は、元々は本当にランプを売っていたお店で、喫茶店になったいまでも、店内のあちこちにはいろんな形をしたたくさんのランプが飾られている。

ランチタイムを過ぎたせいか、店内にはわたしたちのほかには、おばあさんが一人、奥の席で静かにお茶を飲んでいるだけだった。

マスターに注文をすませると、美弥子さんは話を再開した。

「そのおばあさん、お孫さんとは別々に住んでおられるそうなんだけど、先月、お孫さんが遊びに来られた時、ずっと口ずさんでた歌があって、今度のクリスマスにはその歌のC

Dをこっそり買ってプレゼントしようと思ったんですって。だけど、歌の題名がわからなくて……それで、困って図書館に電話してこられたの」

ところが、おばあさんが覚えていたのはメロディのごく一部だけで、歌詞もほとんど覚えていなかった。さっきの電話は、おばあさんがサビのフレーズを何度も繰り返して、天野さんがなんとかそれを聞き取ろうとしていたところだったのだ。

鼻歌の謎は解けたけど、わたしの頭には、もうひとつ別の疑問が浮かび上がってきた。

「でも、どうして図書館なの？　歌のことなら、ＣＤ屋さんの方がくわしそうなのに……」

わたしがそう口にした時、

「やっぱりここにいた」

お店のドアベルが勢いよく鳴って、モスグリーンのエプロンをつけたままの天野さんが、満面の笑みを浮かべながら、わたしたちのテーブルにまっすぐ向かってきた。そして、

「ありがとう、しおりちゃん。おかげで歌のタイトルがわかったよ」

そういいながら、わたしの手を握って、またぶんぶんと振り回した。

ちょうどそこにマスターが、わたしの頼んだミルクティーと、美弥子さんのミントティーを運んできてくれたので、天野さんもホットコーヒーを注文して、美弥子さんの隣りに座った。

「ちょうどよかった。いま、しおりちゃんにさっきの電話のことを説明してたところだったんです」

美弥子さんが、さっきのわたしの質問を繰り返すと、天野さんはくすぐったそうな顔をして、頭をかいた。

「実は、僕もさっきおばあさんにいわれるまで忘れてたんだけど……」

いまからちょうど一年前、やっぱりお孫さんへのクリスマスプレゼントをさがしに図書館に来られたそのおばあさんに、天野さんが絵本を見つけてあげたことがあったらしい。

「その時のことなら、わたしもよく覚えてますよ」

美弥子さんが横から言葉をはさんだ。

「登場人物の、それも脇役の名前と、背表紙の色しか手がかりがなかったのに、天野さんがすぐに見つけてこられたんですよね」

「えー」

わたしは目を丸くして天野さんを見つめた。

「天野さん、すごい」

「偶然だよ」

天野さんは照れ笑いを浮かべながら、

「問い合わせを受けたのが、たまたまその本を読んだ直後だったんだ。だけど、おばあさんにはその時のことがすごく印象に残ってたらしくて、『図書館に聞けばなんでもわかる』って思ってくださってるみたいなんだ」

天野さんはそこで言葉を切ると、急にピンと背筋をのばして、深々と頭を下げた。

「だから、さっきはしおりちゃんがいてくれて、ほんとに助かったよ。ありがとう」

「そんな……」

わたしは顔の前で大きく手を振ると、ミルクティーの入ったカップで顔を隠した。

それにしても、図書館の仕事のことは、いままでにも美弥子さんから聞いて、いろいろ知ってるつもりだったけど、CDのタイトルを調べるというのは初めて聞いた。わたしがそういうと、

「それが、そう珍しくもないんだよ」

天野さんが笑った。

「図書館には、貸し出し用のCDも置いてあるからね。テレビのCMで使われてた、あの曲のCDはありませんか、なんて問い合わせもけっこうあるんだ。まあ、そういう時はインターネットで検索すればたいていわかるから、今回みたいに手がかりが少ないのはたしかに珍しいかもね」

「いろんな仕事があるんですね」

わたしが感心してため息をつくと、

「こういうのを、レファレンスっていうのよ」

美弥子さんが聞きなれない言葉を口にした。

「レファレンス?」

「そう」

美弥子さんはうなずいて、わたしの顔をのぞき込んだ。

「たとえばしおりちゃんが、まだ小さかった頃に読んだことのある絵本を、もう一度読みたくなったとするでしょ? だけど、タイトルも作者の名前も覚えてなくて、覚えてるのは絵本の中に出てくる料理の名前だけ。そんな時、しおりちゃんならどうする?」

「お母さんに聞く」

わたしは即答した。わたしが小さい頃に読んだ本なら、お母さんが知ってるはずだ。

「それじゃあ、お母さんが覚えてなかったら?」

「美弥子さんに聞く」

これも即答。お母さんと美弥子さんは、わたしの本の先生なのだ。

「それでもわからなかったら?」

美弥子さんは意地悪く続けた。

「え? えーっと……」

わたしは答えに詰まって、天野さんの顔をチラッと見た。

「玉木さんか天野さんに聞いてみる。こんな料理の出てくる絵本はありませんかって……」

美弥子さんはようやくうなずいて、「それがレファレンスなの」といった。

「レファレンスっていうのは、本や資料をさがしたり、何かを調べているお客さんのお手伝いをすることなのよ」

「へーえ。本の探偵みたいだね」

「そうね」

美弥子さんはにっこりと笑った。

「たしかに、ほんの少しの手がかりから、お客さんがさがされてた本を見つけた時なんかは、ちょっと名探偵になった気分かもね」

わたしたちがそんな話をしていると、

「わたしも以前、探偵さんに助けていただいたことがありますよ」

天野さんのコーヒーを運んできたマスターが、まるで秘密を打ち明けるみたいに声をひそめていった。

「友達に『面白いから読んでみろ』ってすすめられた小説をさがしにいったんですけど、いくら検索しても見つからなくて……」

「もしかして、タイトルが違ってたとか？」

わたしも以前、『空の彼方《かなた》』という歴史ファンタジーのタイトルを『空の刀』と間違えて覚えていて、いくら検索しても見つからなかったという経験がある。マスターは苦笑いを浮かべると、

「違ってたというか……わたしは、『桐野《きりの》ひとみ』という作家さんの『水たまり』という作品をさがしてたつもりだったんですけど……」

そこで言葉を切って、おどけた仕草で肩をすくめた。

「実は、友達がすすめてくれていたのは、『水田《みずた》麻里《まり》』という作家さんの、『霧の瞳』という作品だったんです」

一礼してカウンターの中へと戻るマスターをぽかんと見送りながら、

「それなら確かに、直接聞いてもらった方が早いだろうな」

天野さんが呟いた。

「水田さんなら有名だし」

「人間と違って、機械は質問が正しくないと答えてくれませんからね」

美弥子さんが、ティーカップを片手にのんびりとした口調でいう。その言葉に、わたしはハッと胸をつかれたような気がした。

たしかに、図書館の検索機やインターネットは、質問したことには正確に答えてくれるかもしれない。だけど、質問そのものが正しいかどうかまでは当然教えてくれないし、質

問した以外のことはなにも答えない。

その点、司書さんに直接たずねれば、さがしていた本はもちろん、おすすめの本や今まで知らなかった本まで教えてもらえるのだ。これって、かなりお得だと思う。

「でもね……」と、天野さんが口を開いた。

「ぼくたちにも、答えられないことはあるんだよ。いや、むしろ答えられないことの方が多いかもしれないな」

「え？」

わたしは意外に思って聞き返した。

「どういうことですか？」

「たとえば、しおりちゃんが学校の宿題で日本の人口を調べることになって、図書館に来たとするだろ？　だけど、もし僕がその答えを知っていたとしても、僕の口から答えを教えることはできないんだ」

「どうしてですか？」

わたしは聞いた。

「宿題だから？」

「もちろん、それもあるんだけど……」

「わたしたちの役割は、本や資料をさがすことだからよ」

ミントティーをかき回しながら、美弥子さんがいった。

「わたしたちは、宿題やクイズの答えはもちろん、それ以外のことでも、お客様が調べていることに対して直接答えを教えるのは、原則として禁止されているの。そのかわり、たとえば日本の人口を調べてる人がいたら、この本は載ってるデータが一番新しいですよとか、この本はイラストがたくさん載っているので子どもでも読みやすいですよとか、そういう形でお答えするのよ」

「へーえ……なんだか、道案内みたいだね」

わたしがいうと、美弥子さんは「ほんとね」と笑った。

「図書館は、本の交番みたいなものかもね。交番のお巡りさんも、目的地までの道のりや、こっちの方が近道ですよとか、平日ならこっちの道の方が空いてますよ、なんてことは教えてくれるかもしれないけど、お休みの日にどこに遊びにいったら一番楽しいか、なんてことは教えてくれないでしょう？　それと同じことなの」

そんな美弥子さんの言葉に、

「探偵になったりお巡りさんになったり、図書館員も忙しいなあ」

そういって、天野さんが笑った。わたしも一緒になって笑いながら、窓の向こうに見える図書館の建物を見上げた。読みたい本や知りたいことがある時、わたしたちは図書館にいく。だけど、そこは答えを教えてもらえる場所ではなく、わたしたちが自分で答えにたどり着くための道標なのだ。

話が途切れたのをきっかけに、そろそろ店を出ようかと、わたしたちが目くばせしあった時、

「あの……」

すぐそばで声がした。顔を上げると、奥のテーブルでお茶を飲んでいたおばあさんが、いつのまにかわたしたちのテーブルの近くに立っていた。

「突然失礼いたします。みなさんのお話が耳に入ったものですから……」

おばあさんは丁寧に腰を折ると、美弥子さんと天野さんを等分に見ながら、

「本の探偵さんでいらっしゃるの？」

といった。

「え？」

あっけにとられるわたしたちに、おばあさんはにっこり微笑んで、こう続けた。

「実は、探偵さんにさがしていただきたい本があるんです」

「もう半世紀以上も昔の話なんですけど……」

白石《しらいし》さんとおっしゃるそのおばあさんは、わたしたちの向かいの席に腰を下ろすと、少

し照れたように微笑みながら話を切り出した。

「実はわたし、この街に住んでいたことがあるんです」

そこに、マスターが奥の席から白石さんのティーカップを運んできてくれた。

休憩時間も終わりに近づいていたので、天野さんに図書館への連絡をお願いして、わたしが美弥子さんの隣りに席を移り、白石さんにわたしたちのテーブルまで移動してきてもらったのだ。

白石さんはマスターに小さく頭を下げると、穏《おだ》やかな声で話を続けた。

——この街を離れてから、ずっと遠くの街で暮らしていた白石さんが、同居していた息子さんの転勤でふたたび雲峰市に戻ってきたのは、先月のことだった。

引っ越してきたばかりで、まだあまり知り合いもいない白石さんの日課は、すっかり変わったこの街を、毎日ぶらぶらと散歩することだった。今日も、特にあてもなく歩いていて、偶然この店の前を通りかかったところ——

「思い出したんです。昔、ここにすてきなランプ屋さんがあったことを」

わたしと美弥子さんは、思わず顔を見合わせた。喫茶『らんぷ亭』が、昔は本物のランプ屋さんだったことはマスターに聞いて知っていたけど、当時のことを知っている人に会うのは初めてだ。

「どんなお店だったんですか?」

わたしはマスターの方をちらっと見ながら聞いた。白石さんは小さな手を組み合わせると、目を細めて、

「きれいなお店でしたよ。日が暮れると、店の前にある看板代わりの大きなランプに明かりが灯《とも》るんです。わたしは一度だけ、お店の中に入ったことがあるんですけど、店の壁という壁に数え切れないほどのランプが飾ってあって、本当に夢の国に来たみたいでした」

うっとりした表情でいった。

白石さんの話を聞きながら、わたしはお店の中を見回した。いまでもあちこちにきれいなランプが飾ってあるけど、昔はもっとたくさんのランプがあったのだろう。

だけど、ここがいまでもランプ屋さんだったら、マスターのおいしい紅茶も飲めなかったし、こうして白石さんとお話しすることもできなかった。そう考えると、いまはらんぷ亭が喫茶店でよかったな、という気がした。

「そうそう。本の話でしたね」

白石さんは胸の前でひとつ手を叩くと、

「あれはまだ、小学校にあがる前のことでした。親の仕事の都合でこの街に引っ越してきたわたしは、知らない土地で、さみしい毎日をおくっていたんです。そんなわたしにも、一人だけ仲のいいお友達がいました。お隣りに住んでいた、ひとつ年下のみどりちゃんです。当時はもちろん、テレビもゲームもありませんでしたから、わたしたちは、晴れた日

にはゴムとびを、雨の日にはあやとりやぬり絵をして遊んでいました。だから、あれはきっと雨の日のことだったのだろうと思います――」

白石さんはそこで言葉を切ると、ティーカップを手にして、口を湿《しめ》らせてから続けた。

「みどりちゃんが、わたしに一冊の本を見せてくれたんです。いまとは違って、当時は本というのは高級品でしたから、その本が彼女のものだったのか、それとも誰かから借りてきたものだったのかはわかりません。表紙は色あせて、紙もぼろぼろでしたが、それでも娯楽《ごらく》の少なかったあの頃のわたしたちにとって、あの本は宝物でした」

「題名か、作者の名前は覚えてらっしゃいますか？」

美弥子さんの問いに、白石さんは残念そうに首を振った。

「それが、まったく……ただ、表紙の絵はぼんやりとですが覚えています。なだらかな山の向こうに、茜色の夕焼け空がひろがっていて、親子の龍《りゅう》が飛んでいくのを、黄金色《こがねいろ》の稲《いな》穂《ほ》に囲まれた幼い兄妹が見送っているんです」

「カラーだったんですね」

「えっ？」

美弥子さんの言葉に、白石さんは意表をつかれたように小さく瞬きを繰り返すと、「どうだったかしら……」と、急に自信をなくしたように呟いた。

「夕焼けのイメージが強かったので、カラーだと思い込んでいましたけど、もしかしたら白黒だったのかも……」

「それって、どんなお話だったんですか？」

わたしは待ちきれなくなって、横から口をはさんだ。白石さんは「細かいところまで覚えてるわけじゃないんだけど……」と前置きをしてから、ストーリーを話し出した。

舞台は遙か昔の日本。山間《やまあい》の小さな村に、幼い兄妹と父親が三人で暮らしていた。ある日、その父親に一通の招待状が届く。それは、父親がまだ若かった頃、旅先で罠《わな》にかかっていたところを助けた子どもの龍の親からのもので、ぜひその時のお礼がしたいというのだ。龍と人間では命の長さが違うため、龍にとってはすぐに招待状を出したつもりでも、人間の世界では何年もたってしまっていたらしい。

収穫の時期が近いため、村を離れられない父親のかわりに、幼い二人が迎えに来た子龍の背中に乗って龍の国へと向かうことになるんだけど、途中でひどい大嵐にあって、墜落《ついらく》した子龍と兄妹は、村人たちに捕まってしまう。その村には、龍の血を飲めば永遠の命が手に入るという言い伝えがあったのだ。なんとか逃げ出した兄妹は、村に住む天狗《てんぐ》や木霊《こだま》の力を借りて、子龍を助けようとするのだが――。

その村を抜け出してからも、小さな山と同じくらいの大きさがある「でいだら」という巨人に道をふさがれたり、「すねこすり」という小さな妖怪が仲間に加わったりと、なんだかあらすじを聞いているだけでもわくわくしてくる。

とても、何十年も昔の本とは思えなかった。

「わたしも読んでみたいな」

わたしが思わず呟くと、

「わたしもなの」

白石さんは微笑んで、それから美弥子さんの方に向き直った。

「それから一年もたたないうちに、戦争が激しくなって、わたしはまた引っ越さなければならなくなりました。ですから、その本を読んだのは一度か二度だけで、手がかりといえば、表紙の印象と、うろ覚えのあらすじだけなんです。いままでにも、人に聞いたり、本屋や図書館をさがし回ったりしてみましたが、結局見つけられませんでした。そのうちに、いつのまにかあきらめて、記憶の底に沈んでいたんですが、この街に戻ってきて、その本のことを久しぶりに思い出していたところに、本の探偵さんのお話が耳に入ったものですから……」

白石さんは、期待に満ちた目で美弥子さんを見つめた。美弥子さんはしばらくの間、考え込むような顔でティーカップに視線を落としていたけど、やがて顔を上げて、

「ひとつ、おうかがいしてもよろしいですか？」

といった。

「はい、なんなりと」

　白石さんが背筋をのばして答える。

「それは、だいたい何歳ぐらいを対象とした本だったか覚えてらっしゃいますか？　たとえば、イラストがたくさん入っていたとか、漢字があまり使われていなかったとか……」

　しかし、白石さんは目をふせると、申し訳なさそうに首を振った。

「わかりません……実は、わたしもみどりちゃんも、その本を自分で読んだわけではないんです」

　わたしは、どういうことだろう、と不思議に思ったんだけど、美弥子さんにはすぐにピンと来たらしく、

「読み聞かせですね？」

といった。白石さんはうなずいて、

「みどりちゃんのお兄さんが読んでくれたんです。その本も、お兄さんが持ってきてくれたんじゃなかったかしら……。ずいぶん歳が離れていたので、いまでいうと高校生か、もしかしたら大学生ぐらいだったのかもしれません」

「そうですか……」

　美弥子さんはしばらくの間目を閉じて、頭の中の本棚を検索していたけど、やがて目を開くと、フーッと長い息を吐いた。

「残念ながら、わたしが知っている本の中には見当たらないみたいです。でも、図書館に

は有能な探偵がたくさんいますから、あとで聞いてみますね」

「よろしくお願いします」

白石さんは、深々と頭を下げた。わたしはその頭が上がるのを待ってから、

「あの……みどりちゃんは、いまはどうしてるんですか？」

と聞いてみた。その子かその子のお兄さんなら、本のことを覚えているかもしれないと思ったのだ。しかし、白石さんは悲しそうに微笑むと、

「こちらに戻ってきてすぐに、当時住んでいた住所にいってみましたけど、なにしろ何十年も前のことでしょう？　町並みもなにもかも、すっかり変わってしまって……」

そういって、ゆっくりと首を振った。

とにかく、なにかわかったら連絡するということで、白石さんの連絡先を聞いて、わたしたちは店の前で別れた。

「ねえ、しおりちゃん」

白石さんの後ろ姿を見送りながら、美弥子さんがぽつりといった。

「本って、すごいね。何十年たっても、心の中に残ってるんだよ」

わたしはいまから五十年後の自分を想像しようとした。だけど、あまりにも遠すぎて、なんにも思いつかなかった。

五十年後、おばあちゃんになったわたしは、子どもの頃に読んだ本や、一緒に遊んだ友

だちの名前を覚えているだろうか。そして、友だちは覚えてくれているだろうか――。

　厚い雲が太陽を隠して、急にあたりが暗くなる。

「戻ろっか」

　美弥子さんが空を見上げて、図書館の方へと走り出した。わたしはなんだか、一人取り残されるような気持ちになって、美弥子さんのあとを慌てて追いかけた。


　胸の前で腕組みをした美弥子さんが、真剣な表情で本棚をにらんでいる。その目はまるで、本をさがしているというよりも、画家が展覧会で自分の絵の出来をチェックしているみたいだった。

「美弥子さん」

　わたしが声をかけながら、背中をポンと叩くと、美弥子さんは小さく飛び上がって振り返った。

「あら、しおりちゃん」

　目を少し見開いてから、すぐにいつもの柔らかな表情に戻る。

「こんなところで会うなんて、珍しいわね」

「うん」と、わたしもうなずいた。

もちろん、美弥子さんと本棚の前でばったり会うこと自体は珍しくない。珍しいのは、ここが本屋さんだということだ。

わたしたちが出会ったのは、雲峰商店街の中にある「大正書店」だった。地上三階、地下一階の大きな本屋さんで、わたしは新刊をチェックするためによく利用している。

白石さんとらんぷ亭で会ってから、三日がたっていた。美弥子さんとも三日ぶりだ。

「怖い顔して、どうしたの？」

わたしが下から顔をのぞき込むと、

「そんなに怖い顔してた？」

美弥子さんは自分のほっぺたをつまんで、照れたように笑いながら、すぐ目の前の本棚に並んでいる『あなたも一週間でやせられる！　奇跡の風船ダイエット！』という金ピカの派手な本を手にとった。

「美弥子さん、ダイエットするの？」

わたしがびっくりして美弥子さんを見つめると、

「違う違う」

美弥子さんは笑って手を振った。

「今日は、本棚のお勉強に来てるのよ」

「お勉強？」

「ええ。たとえばね――」

美弥子さんは、いま手にとったばかりの本の表紙をわたしに向けた。

「本屋さんの本は、こうして表紙が見えるように並べられていることが多いけど、図書館の本はほとんどが背表紙しか見えないようになってるでしょ？　これって、どうしてだと思う？」

「え？　えーっと……本を出来るだけたくさん並べるため」

「そうね」と、美弥子さんは本を棚に戻して、

「図書館の場合は、なるべくたくさんの本の中からお客さんに選んでいただきたいから、背表紙を向けて並べることが多いんだけど、本屋さんはおんなじ本を何冊買ってもらってもかまわないから、特に買って欲しい本を、こうやって表紙を向けて並べているのよ」

「ふーん」

あらためて本棚を見回すと、たしかに表紙がお客さんの方を向いている本が多い。それに、足元の棚に表紙を上に向けて積み上げるのも――平積みというらしい――図書館にはない並べ方だ。

「もちろん、図書館でもおすすめの本を表紙が見えるように並べることはあるし、本屋さんだって出来ればたくさんの本を並べたいと思ってるんだろうけど、本棚の表情が違って、いろいろと参考になることが多いから、たまにこうして偵察に来てるのよ」

美弥子さんはまわりの様子を気にしながら、まるでスパイみたいに声をひそめていった。

「それより、しおりちゃんはあっちの棚に用があったんじゃないの？」

美弥子さんは、フロアの一番奥にある児童書コーナーを指さした。

「あ、そうだった」

わたしは奥にいきかけて、すぐに引き返すと、美弥子さんを上目づかいに見上げた。

「ねえ、美弥子さん」

「なあに？」

「ケーキ屋さんのディスプレイなんかは、お仕事の参考にならないかな？」

——帰りに美弥子さんとケーキを食べに行く約束をしたわたしは、足取りも軽く児童書コーナーへと向かいながら、

（わたしにとっての、図書館と本屋さんの一番の違いは美弥子さんだな）

と思った。もしも美弥子さんが図書館ではなく本屋さんで働いていたら、わたしは本屋さんの常連になっていたかもしれない。

わたしは本棚の前に立つと、さっきの美弥子さんの話を参考に、表紙がこちらを向いている「本屋さんのおすすめ本」を中心に見て回った。

『図書館行きのバスにのろう』では、表紙でわたしと同い年ぐらいの女の子が、麦藁《むぎわら》帽子をかぶってバス停でバスを待っている。ブルーの小さなキャリーバッグの中には、何が詰

まっているのだろう。『妖怪電車、西へ』では、暗い車内で座敷童子《ざしきわらし》の車掌《しゃしょう》さんが、ニヤリと笑って敬礼していた。『真夜中の王国』の表紙は、一見真っ暗だけど、顔を近づけてよく見ると、表紙全体に大きなお城がぼんやりと浮かび上がってくる。

そんな風に順番に見ていったわたしは、何冊目かの表紙を前にして、足を止めた。

なだらかな山の上にひろがる夕焼け空を、親子の龍が影絵のように横切り、それを父親と二人の子どもが見送っている。

タイトルは『遠い日の約束』。

わたしはある予感にどきどきしながら、本を手にとって、ページを開いた。

ストーリーは、一通の招待状からはじまる。

それは龍の国からの招待状で、昔、旅先で子どもの龍を助けたお父さんを招くためのものだった。

仕事でどうしてもいけないお父さんの代わりに、ちょうど夏休みだった「ぼく」と妹は、使者の子龍の背中に乗って、はるか龍の国へと旅立つ。ところが、その途中で嵐に巻き込まれてしまい――

わたしは初めの方を流し読みすると、本を閉じて美弥子さんの姿をさがした。そして、雑誌コーナーで美弥子さんの姿を見つけて、そっと声をかけた。

「美弥子さん」

「あら。もう終わったの？」

振り返った美弥子さんに、わたしは「これ……」と手にしていた本を差し出した。

美弥子さんは表紙を見て「おや？」という顔をすると、ページをパラパラとめくり出した。

そのペースは次第に速くなっていき、本の中ほどまでくると、美弥子さんは間を飛ばして、一気に最後の方のページを開いた。

「ね？　この本でしょ？」

わたしは興奮を押さえきれずに聞いた。だけど、美弥子さんは眉間にしわを寄せて、「うーん……」とうなるだけだった。

「どうしたの？」

急に不安になったわたしがたずねると、美弥子さんは浮かない表情で、

「たしかに、ストーリーはこの前白石さんにうかがった話と同じなんだけど……」

そういいながら、開いているページをわたしの方に向けた。

そこは、本の一番最後、出版された年月日や出版社の名前、作者の略歴なんかが載っている「奥付」と呼ばれるページだった。

「これを見ると、この本が出版されたのは、先月なのよ」

「え？」

わたしは奥付に顔を近づけた。たしかに、発行日のところには一ヶ月前の日付が入っている。そういえば、時代設定も、白石さんが話していた話よりもずいぶん現代に近かった。

「でも、わたし、前にもこんなふうに、昔の小説なのに最近になってまた新しく出版された本を見たことあるよ」

わたしがそう反論すると、

「それはたぶん、復刊本ね」

と、美弥子さんは答えた。

「復刊本？」

「本屋さんから、一度は姿を消してしまったけど、人気が復活して、また出版されるようになった本のことよ。でも、この本の場合はそうじゃないの」

美弥子さんは奥付の上の方を指さした。

「ここに著者紹介があるんだけど、この本の作者は、これがデビュー作なの。しかも、この作品で去年の長編ファンタジー大賞に佳作入選しているのよ」

「え？」

わたしは、さっきまでとは違う意味で、胸がどきどきするのを感じた。

「それってどういうこと？」

「つまり……」

美弥子さんは険《けわ》しい表情でいった。

「もし、この話が白石さんの読んだ話とまったく同じだとしたら、この人は、すでにあった話をコンクールに応募したことになるわね」


「ねえ、お母さん」

晩御飯を食べ終えて、お茶の準備をしていたお母さんに、わたしは声をかけた。

「いまある本と、まったく同じ内容の本が、偶然出来上がることってあると思う?」

「同じって、一字一句同じなの?」

「そうじゃないんだけど、小説で、中身がほとんど同じなの」

わたしが答えると、お母さんは二人分のティーカップを運びながら、「そうねえ……」と首をかしげた。

「旅行雑誌なんかだと、同じ観光地の同じ旅館を同じ季節に取材したら、おすすめの景色も出てくる料理もまったく同じで、ほとんど同じ記事になってしまったっていう話を聞いたことはあるけど……それってもしかして、この間話してくれた、おばあさんが探してるっていう龍のファンタジーの話?」

わたしはうなずいて、「大正書店」で見つけた本の話をした。ちなみにあのあと、美弥子さんは『遠い日の約束』を買うと、「ゆっくり読んでみたいから」といってまっすぐ帰ってしまったので、わたしたちの前に並んでいるフロマージュとガトーショコラは、お母さんのお土産だった。

「五十年前と同じ話か……」

話を聞き終えると、お母さんは難しい顔でガトーショコラにフォークを突き刺した。

「小説でも、基本的な設定や、ストーリーの一部が重なることはあるけどね。海外と日本の、どちらも有名な推理作家が、まったく同じ発想のトリックを使っていた、なんてこともあったみたいだし……ただ、設定もエピソードも、そこまで重なるっていうのはちょっと……」

「やっぱり、夏目《なつめ》っていう人が真似したのかな……」

夏目賢太郎《けんたろう》というのが、『遠い日の約束』の作者の名前だった。もし夏目さんが、白石さんの「思い出の本」を知っていて真似したのだとしたら、それは話を盗んだことになる。

「いまのところ、その可能性が一番高いわね」

お母さんはそういって、紅茶を口にした。

「ほかの可能性もあるのかな？」

わたしが聞くと、お母さんはティーカップを受け皿に戻して、表情を緩めた。

「そうね……ひとつは、どちらの作品にも共通の元ネタがある場合ね」

「共通の元ネタ？」

「浦島太郎《うらしまたろう》や西遊記《さいゆうき》みたいに、誰でも知ってるお話ってあるでしょ？　夏目さんの本も、白石さんが子どもの時に読んだ本も、どちらも同じ――たとえば、中国の昔話とか、どこかの地方に伝わる古い言い伝えを参考にして書かれたっていう可能性はないかしら？」

「なるほど」

わたしはティーカップを両手で包んで、こくりとうなずいた。確かにそれなら、そっくり同じ話が出来上がる可能性は高いだろう。

「それから、もうひとつ……」

お母さんは、指を一本立てた。

「実は白石さんも、その『遠い日の約束』を読んでいた……とか」

「え？」

わたしはびっくりして、あやうく紅茶をこぼすところだった。だけど、お母さんはティーカップを口元に運びながら、平然と続けた。

「その本が出版されたのは、しおりたちが白石さんから話を聞くよりも前だったんだから、あり得ない話じゃないでしょ？」

「でも……それじゃあ、白石さんが話してくれたことは、一体なんだったの？」

「なにも、白石さんが嘘《うそ》をついてるっていってるわけじゃないのよ」

お母さんは、わたしをなだめるようにいった。

「ただ、子どもの頃に似たような話——たとえば、龍が出てくるとか、幼い兄妹が冒険するとか、そういう話を読んだことがあって、最近になって偶然読んだ『遠い日の約束』と記憶がまざっちゃったっていうことはないのかな、と思って」

「だけど……だったら、どうして白石さんは『遠い日の約束』を読んだことを黙ってるの？」

「タイトルを知らずに読んだとか、読んだこと自体を忘れてるとか……うーん、ちょっと無理があるかな」

わたしの反論に、お母さんは肩をすくめて、あっさり自説を撤回《てっかい》した。

とにかく、今度白石さんに会ったら『遠い日の約束』のことを教えてあげよう——わたしはケーキをほおばりながら、そう決心した。

「そういったご相談でしたら、ご本人さまに直接来ていただいた方が……」

ロビーを抜けたところで、カウンターの方から玉木さんの困り切った声が聞こえてきた。のぞき込むと、苦虫を噛み潰《つぶ》したような表情の玉木さんが、同年配の女の人と、相談カウンターをはさんで向かい合っていた。

「だから、さっきからいってるじゃありませんか」

　女の人は甲高い声でまくしたてた。

「こうちゃんは忙しくて、図書館に来る時間がないんです」

「心理学関連の本でしたら、二階にございますので……」

「だから、読んでもわからないから聞いてるんじゃないですか。それに、時間がないのよ。締《し》め切りが迫《せま》ってるんです」

「ですが、そういったことまでは、こちらではちょっとお答えしかねます」

「どうして？　だって、ここは相談コーナーなんでしょ？」

「あれって、レファレンスですか？」

　返却カウンターにリュックから取り出した本を積み上げながら、わたしは天野さんにこっそりと聞いた。

「まあ……ね」

　天野さんは苦笑いを浮かべると、バーコードの読み取り機を手際よく本にあてていった。そして、わたしの後ろに誰も並んでいないことを確かめると、身を乗り出して、

「大学の卒業論文に、何を書いたらいいのか教えて欲しいっていうんだ」

　ささやき声でそういった。

「え？」

わたしはびっくりして声を上げた。

「図書館って、そんなことまで教えてくれるんですか？」

「まさか」

天野さんは苦笑いのまま首を振った。

「もちろん、テーマがある程度決まっていれば、参考になりそうな本を紹介することはできるけどね。たとえば、生き物について調べたいっていう人がいれば、それは鳥ですか、魚ですか、それとも昆虫ですかって質問して、もしそれが鳥だったら、鳥が空を飛ぶ仕組みについてくわしいのはこの本で、鳥の食べ物について調べたいならこの本がいいですよ、っていうふうに。でも、それも本人が相手じゃないと……」

「え？」

わたしは相談カウンターに目を向けた。女の人は、いつのまにかカウンターを離れて、携帯電話を取り出している。

「本人じゃないの？」

「息子さんのことみたいだよ」

天野さんはそういって、肩をすくめた。

「いま大学三年生で、今年中に卒論のテーマをきめないといけないんだけど、本人がなかなかきめられずに困ってるから、簡単に書けるテーマを教えてくださいっていうんだ」

わたしはあっけにとられて、携帯電話に向かって声高にしゃべりながら図書館を出ていく女の人の後ろ姿を見送った。わたしたち小学生の自由研究でも自分でテーマをきめるのに、大学生が自分の研究テーマをきめられないなんて……。

わたしはあらためて、図書館の職員さんって大変だな、と思った。白石さんのように、あるはずのものをさがして欲しいという人もいれば、ありえないものをさがしてくれといってくる人もいるのだ。

白石さんと会ってから、今日でちょうど一週間がたっていた。

あれからわたしも、美弥子さんに借りて『遠い日の約束』を読んでみた。長編ファンタジー大賞の佳作をとるだけあって、さすがに面白かったんだけど、わたしには読めば読むほど、白石さんが話してくれた遠い昔の和風ファンタジーと同じ話に思えて仕方がなかった。

この作品で新人賞をとっている以上、復刊ということはありえないし、美弥子さんの調べたところでは、お母さんがいうように、もっと古くからある話——たとえば、中国の昔話や地方の言い伝えなんかを元にしているわけでもないらしい。

結局残るのは、夏目さんが白石さんの読んだ本を現代風に書き直して、新人賞に応募した、という可能性だけなんだけど、その元になった本が見つからない限り、夏目さんが話の泥棒をしたという証明はできないのだ。

どうやって調べたらいいんだろう——そんなことを考えながら、軽くなったリュックを背負って、棚の間をぼんやりと歩いていると、

つん、つん、つん

誰かがわたしのブルゾンのすそを、後ろから引っ張った。

足を止めて振り返ると、わたしのお腹ぐらいまでしかない小さな女の子が、一方の手で本をしっかりと抱えながら、もう一方の手でわたしの服をつかんでいた。

「こんにちは、カナちゃん」

わたしがしゃがみ込んであいさつをすると、カナちゃんはにっこり笑って、

「どうぞ」

鈴を転がしたようなかわいらしい声で、抱えていた本をこちらに差し出した。

「はい、ありがとう」

つられて笑顔になりながら、わたしが本を受け取ると、

「こんにちは」

カナちゃんの頭の上から、カナちゃんのお母さん、水野遠子さんが、ひょっこりと顔を出した。

「その本、しおりちゃんに渡すつもりで持ってきたの。よかったら読んでみて」

水野さんがわたしの手元をのぞき込みながらそういったので、わたしはあらためて本に

目をやった。

表紙になっているのは一枚の明るい写真だ。真っ白な部屋の真ん中に置かれたオレンジ色のソファの上で、白猫と黒猫が気持ちよさそうにごろ寝をしている。

タイトルは『猫たちの暖かな午後』。

「初めてのエッセイ集なの」

水野さんは、少し照れたように笑った。

「しおりちゃん、エッセイって読んだことある？」

「お母さんが編集してる雑誌で読んだことあります。小説とは違って、心に浮かんだことを、そのまま文章にしたものですよね」

エッセイの楽しみ方について、これは個人的な意見だけど、と前置きをしながら、お母さんはこんな風にいっていた。

「心に浮かんだことを、いかに適切で、いかに美しい日本語で表現しているかが、エッセイの面白さなのよ」

わたしがそのことを話すと、水野さんは口元を引き締めて、わたしの耳元に、「その本、しおりちゃんのお母さんに見せるのは、ちょっと待ってもらってもいいかしら」とささやいた。

「もう一度自分で読み返して、決心がついたら読んでもらうから」

「はい」

わたしはくすっと笑って、本を大切にリュックにしまった。

絵本を見たいというカナちゃんのために、靴を脱いで絵本コーナーのカーペットに上がると、わたしは水野さんに、白石さんがさがしている「思い出の本」の話と、本屋さんで見つけたそっくりな本の話を聞いてもらった。

なにしろ現役の作家さんなので、白石さんのさがしている本について、何か手がかりが得られればと思って話したんだけど、水野さんから返ってきた答えは予想以上のものだった。

なんと、作者の夏目さんと直接会ったことがあるというのだ。

「ファンタジー大賞の授賞式にも出席してるし、担当の編集者さんが同じ人で、前に一度、打ち合わせの席でお会いしたことがあるの。その時に『遠い日の約束』もいただいて読んでるんだけど、確かに、あの本とまったく同じ話が偶然生まれるとは考えにくいわね」

水野さんは難しい顔で呟いた。そして、今度機会があったら、編集者さんを通じて、あの本が書かれた経緯をそれとなく聞いてみると約束してくれた。


図書館を出たところで、わたしは思わず足を止めて空をあおいだ。まだ夕方だと思っていたのに、外はすっかり暗くなって、深い藍色の空が頭上を覆《おお》っている。あたりはしんと静まり返って、まるで海の底にいるみたいだ。

そういえば、一年の中でいまが一番夜が長い季節だって、お母さんがいってたな——そんなことを思い出しながら、駐輪場から自転車を引っ張り出していると、

「探偵さん」

聞き覚えのある声が、らんぷ亭の方から聞こえてきた。振り返ると、白石さんがお店の前で、小さく手を振っていた。

「図書館から出てくるのが、窓から見えたので……ちょうどいま、マスターとあなたのお話をしていたところだったの」

「わたしの……ですか？」

わたしは片手で自転車を支えながら、もう片方の手で自分の鼻を指さした。白石さんは大きな身振りでうなずいて、

「ええ。あなたがこの本を見つけてくださったんでしょう？」

その時になって初めて、わたしは白石さんが『遠い日の約束』を手にしていることに気がついた。

「それは……」

「あの司書さん——早野《はやの》さんに教えていただいて、本屋さんでさっそく買ってきたんです。

もう、懐《なつか》しくて懐かしくて……気がついたら、読んでるうちに朝になってしまいました」

　夕焼けの表紙を胸に抱いてははしゃぐ白石さんの姿に、わたしは考えるよりも先に口を開いていた。

「でも……その本は違うんです。中身はたしかに、白石さんが子どもの時に読んだ本とそっくりなんですけど……」

　夏目さんがどういう事情でこの本を書いたのか、まだわからなかったので、わたしが上《う》手《ま》く説明できないでいると、

「わかってます」

　白石さんはきっぱりといった。

「事情は早野さんからうかがいました。それに、わたしの記憶の中にある話とは、舞台になっている時代も違いますし……だけど、それでもいいんです。わたしはただ、もう一度、このお話が読みたかっただけですから――」

　白石さんは、満足そうに微笑んでいた。依頼人が満足しているのなら、探偵としては、これ以上出来ることはなにもない。

「失礼します」

　わたしは白石さんにあいさつすると、ペダルに足をかけた。踏み込みながら振り返ると、

白石さんはらんぷ亭の前にたたずんで、わたしを見送ってくれていた。

らんぷ亭の灯りが、まるで本物のランプみたいに暖かく、白石さんを包み込んでいた。


水野さんから電話がかかってきたのは、それからしばらくたった、金曜日の夜のことだった。

「昨日、編集者さんが夏目さんと打ち合わせをするっていうから、お願いして同席させてもらったの」

わたしが電話に出ると、水野さんが珍しく興奮した様子で話し出した。

「そこで、編集者さんが席を外して二人きりになった時に、『あの作品の着想は、どういうところから得られたんですか？』って聞いてみたの。そしたら、『実は、あの話はオリジナルじゃないんです』って……」

「え？」

わたしはびっくりした。

「それって、盗作を認めたっていうことですか？」

「それが、わたしにもよくわからなくて……」

電話の向こうから、水野さんが戸惑《とまど》うような気配が伝わってきた。

「だからわたし、思い切って事情を全部打ち明けてみたのよ。そうしたら、夏目さんも驚かれたみたいで、お話ししたいことがあるので、一度そのおばあさんに会わせていただけませんかっておっしゃるんだけど……どうする、しおりちゃん？」

思いがけない展開に、わたしは混乱した。

「どうするって……」

白石さんの意見も聞かないといけないし、美弥子さんとも相談したい。とにかく、またあらためて連絡することにして電話を切ると、わたしはすぐに美弥子さんに電話をかけた。

話を聞いて、美弥子さんも驚いてたけど、すぐに白石さんに連絡をとってくれた。そして——

「本当にありがとうございました。本を見つけてくださっただけでもありがたいのに、まさか作者の方にお会いできるなんて……」

深々と頭を下げる白石さんに、わたしと美弥子さんは、慌てて手を振った。

土曜日の朝。わたしと美弥子さん、それに白石さんの三人は、図書館の談話室で水野さんと夏目さんの到着を待っていた。

昨夜、あれから白石さんと連絡をとった美弥子さんは、そのまま水野さんにも連絡をとって予定を調整し、今日の対面を実現させてくれたのだ。

「お話って、一体なんでしょうね」

机の上に置かれた『遠い日の約束』を前に、白石さんが期待と緊張の入り混じった声で呟いた。

「この本が書かれたいきさつについての話だとは思いますが……」

美弥子さんが首をひねる。わたしたちも、そしておそらくは水野さんも、今日の話の詳しい内容は知らされていなかった。

なんとなく部屋に沈黙がおとずれた時、ノックの音がして、わたしたちはいっせいに顔を上げた。

「どうぞ」

美弥子さんが声をかけると、ドアが静かに開いて、水野さんの姿が現れた。

わたしたちが立ち上がって出迎えると、水野さんに導かれるように、細身の黒ジーンズをはいた男の人が入ってきた。クリーム色のトートバッグを手にして、黒縁の眼鏡をかけている。ずいぶん若く見えるので、もしかしたらまだ大学生ぐらいかもしれない。

水野さんが、唯一面識のない白石さんに自己紹介をしてから、一歩下がって、わたしたちに男の人を紹介してくれた。

「こちらが、『遠い日の約束』の作者、夏目賢太郎さんです」

「はじめまして。夏目です」

夏目さんが丁寧に頭を下げる。

「ようこそお越しくださいました。当館の司書をしております、早野と申します」

美弥子さんが代表して、わたしと白石さんを紹介してくれた。

紹介が一回りして、わたしたちが一つの机を囲むように腰を下ろすと、夏目さんはあらためて深々と頭を下げた。

「今日は、わざわざお集まりいただきまして、ありがとうございます。水野さんから事情をおうかがいして、どうしてもみなさんにお話ししておかなければならないことがありまして……」

「なんでしょうか」

白石さんが身を乗り出した。夏目さんは、机の上の本を手にとると、わたしたちの顔を見回して、宣言するようにいった。

「すでにご存じのことと思いますが、実は、この本は僕の完全なオリジナルではありません」

「それは、元になった昔話か言い伝えのようなものがあったということでしょうか」

美弥子さんが慎重《しんちょう》な言い回しで質問すると、夏目さんはあっさりと首を振った。

「いえ、小説です。これは、ある一冊の小説を元にして書いたんです」

やっぱり——わたしは口の中で呟いた。きっと、その本こそが白石さんのさがしていた本なのだ。

夏目さんは、白石さんの方に体を向けると、大きく深呼吸をしてから、

「白石さん、とおっしゃいましたよね？」

「はい」

白石さんは、背筋をぴんとのばして答えた。

「もしかして、旧姓は氷室《ひむろ》さゆりさんとおっしゃるのではありませんか？」

それを聞いて、白石さんはハッと目を見開いた。

「どうしてご存じなのですか？」

「やっぱり……」

夏目さんはホッとしたような表情を見せると、静かな口調で、

「僕の祖母は、神崎《かんざき》みどりといいます」

と続けた。

「神崎……みどり？」

白石さんの目が、さらに大きくなる。

「神崎というのは、結婚後の名前です。旧姓は篠田《しのだ》。篠田みどりです」

白石さんは口に手を当てて、言葉を失った。みるみるうちに、両目に涙が浮かんでくる。

わたしたちがあっけにとられる中、夏目さんがさらに説明を加えた。

「結婚して引っ越しましたが、祖母は昔、この街に住んでいました。そして、祖母がまだ小さかった頃、さゆりさんというひとつ年上の女の子が、隣りの家に住んでいたそうです」

「それじゃあ、あなたはみどりちゃんの……」

白石さんの目から、涙がこぼれ落ちる。

「はい」と、夏目さんは微笑んだ。

「僕は、篠田みどりの孫なんです」


白石さんが落ち着くのを待ってから、夏目さんは話を再開した。

「両親が共働きで、おばあちゃんっ子だった僕は、小さい頃から、よく絵本を読んでもらったり、寝る前にお話を聞かせてもらったりしていました。僕が小説家を目指すようになったのも、そんな祖母の影響が大きかったと思います。その祖母が、何度も何度も繰り返し聞かせてくれた話があるんです」

「それが……」

美弥子さんが、『遠い日の約束』に視線を落とす。夏目さんはうなずいて、

「はい。この本は、祖母から聞いた話を元にして書きました。もちろん、舞台となる時代設定なんかは多少アレンジしていますが……」

「それじゃあ、やっぱり元になった本があるんですね？」

わたしは思わず声を上げた。だけど、夏目さんは悲しそうな顔で首を振った。

「本は……もうありません」

「えっ？」

顔を見合わせるわたしたちを前に、夏目さんはバッグから大きな封筒を取り出すと、さらにその中から、ぼろぼろになったＡ４サイズの一枚の絵を取り出して、本の隣りに並べた。

それは、夕焼けの絵だった。

山の向こう側に、いままさに沈もうとしている夕陽の上を、親子の龍が仲良く飛んでいて、それを幼い兄妹らしき二人連れが、田んぼに囲まれながら手を振って見送っている。元々はもっと鮮やかな絵だったんだろうけど、長い年月の間に、すっかり色あせてしまっていた。

龍の姿のさらに上には、筆で書いたような文字でタイトルが、右から左へと並んでいる。

『夕焼け空に龍が啼《な》く』

「啼く」というのは、鳥の「鳴く」と同じ意味だと、美弥子さんが小声で教えてくれた。

「これは……」

白石さんが、震える手をその絵にのばした。

「白石さんは、祖母に兄がいたのを覚えておられませんか？」

「お兄さん……」

夏目さんの問いに、白石さんがふと顔を上げた。

「もちろん覚えています。この本を読み聞かせてくれたのが、そのお兄さんでしたから……」

「祖母の兄——賢造《けんぞう》さんは、祖母の一番上のお兄さんで、僕にとっては大伯父《おおおじ》にあたります。当時、文学部の学生だった賢造さんの夢は、小説家になることでした。しかし——」

夏目さんはそこで一旦《いったん》言葉を切ると、窓の外に目をやった。ちょっとした高台の上に建つ図書館の三階の窓からは、雲のない澄《す》んだ青空と、雲峰の穏やかな町並みが見える。

「当時の日本では、大の男が小説を——それも、戦争を美化するための軍事物ならともかく、子どもが主人公のファンタジーを書くなんて、とうてい許されることではありませんでした。それでもあきらめ切れなかった賢造さんは、自分でつくった物語を、自分の手で丁寧に綴《つづ》って、それを自分で製本して、世界に一冊だけの本を作ったんです」

わたしたちは、何十年もの時を隔《へだ》てて描かれた、二つの夕焼けの絵を見比べながら、夏目さんの話を聞いた。

「表紙は、美大に通っていた友人に頼んで描いてもらったそうです。もちろん、出来上がった本は、本物に比べればずいぶんと粗末なものだったと思いますが、当時は物資が不足していて、出版されている本の質もひどいものでしたし、祖母も白石さんも大伯父が読むのを聞くだけで、本を実際に手にとったり、中身を間近に見たりすることがなかったので、本物の本だと信じていたのでしょう」

「あの……」

水野さんが、夏目さんが持ってきてくれた絵の方にそっと手を触れながら尋ねた。

「この本の残りの部分は、やっぱり戦争で？」

「いいえ」

夏目さんは首を振って、ため息をついた。

「戦争はなんとか乗り切ったんですが、その後、家が火事にあってしまって……」

夏目さんの話によると、火事が起きたのはおばあさんが結婚してから数年後の、ある冬の夜のことだった。発見が早かったおかげで、家の人は無事に逃げ出せたんだけど、本を持ち出す余裕まではなかったらしい。

まだ小さかった夏目さんのお父さんを抱きながら、赤々と燃える我が家をおばあさんが呆然と見上げていると、まるで意思でも持っているかのように、一枚の紙がおばあさんの足元にひらひらと舞い降りてきた。

それが、この『夕焼け空に龍が啼く』の表紙だったのだ。

「何しろ素人《しろうと》の手作りでしたから、その頃にはすでに本はバラバラになっていて、ほとんど紙の束みたいな状態だったそうです。それが逆に幸いして、この絵だけが風にあおられ、難を逃れたんでしょうね」

わたしは、炎に照らされた夜空を、龍の絵が悠々《ゆうゆう》と舞う姿を頭に思い浮かべた。

それは、まるで奇跡のような光景だった。

「だから、僕が生まれた時にはもう、この表紙だけしか残っていなかったんです」

「それじゃあ、夏目さんのおばあさんは、本がないのに読み聞かせをしてくれたんですか？」

驚いてわたしが聞くと、夏目さんはにっこり笑って「そうなんだよ」とうなずいた。

「きっと、火事にあうまでの間に、何度も何度も読み返していたんだろうね。僕がせがむと、まるで目の前に本があるみたいに、すらすらと読んでくれたんだ。僕が作家を目指すようになったのも、元はといえば、この本がなかったことがきっかけなんだよ」

夏目さんの言い方があまりにも自然だったので、わたしはもう少しで聞き流すところだった。

「なかったこと、ですか？」

わたしは首をかしげた。

「あったことじゃなくて？」

「うん。普通だったら、本が火事で焼けてしまっても、図書館や本屋をさがせば、一冊ぐらいはどこかに残ってるものなんだけど、この本は——」

　夏目さんはそこで言葉を切ると、白石さんの方に向き直った。

「白石さんは、ずっと本物の本だと信じてくださっていたみたいですが、僕はこれが賢造さんのつくってくれた、世界に一冊だけの本だということを知っていました。だから、子どもの頃に祖母と約束したんです。いつか、僕が小説家になってこの話を本にするから、その時は一緒に賢造さんのお墓に届けにいこうって……」

「え？」

　わたしは思わず口をはさんだ。

「賢造さん、亡くなったんですか？」

「戦争でね」

　夏目さんはわたしの方を見ると、さびしそうに笑った。

「ちょうど、いまの僕ぐらいの年齢だったそうです」

「それじゃあ、大伯父さまが残されたのは、この一作だけだったんですね？」

　美弥子さんの言葉に、夏目さんは「はい」とうなずいて、

「だからこそ、この作品は絶対に本にしたかったんです」

力強い口調でそういうと、声のトーンを落として「ただ……」と続けた。

「ファンタジー大賞に応募するかどうかは、ずいぶんと迷いました。賞に応募するのが、本にするための一番の近道だとは思ったんですが、自分のオリジナルではない作品を応募していいものかどうか、わからなかったんです。結局、最終候補に残った段階で出版社の方に事情を打ち明けて、問題ないだろうということになったんですが……」

「でも……」

美弥子さんが優しい口調でいった。

「いくらおばあさまが話してくださったとはいっても、一言一句覚えていたわけではないでしょう？　文章の大部分は、夏目さんが考えたんじゃありませんか？」

「まあ、それは確かにそうなんですが……」

小説を書くということは、こつこつとした地道な作業の積み重ねなのだと、お母さんに聞いたことがある。お母さんいわく「小説を書くのに近道はない」のだそうだ。だからきっと夏目さんも、この本を書き上げるために、たくさんの努力をしたに違いない。

「わたしはどちらも面白かったですよ」

白石さんの声に、固い表情でうつむいていた夏目さんが、ハッと顔を上げた。白石さんは夏目さんの顔をじっと見つめて、

「それじゃいけませんか？」

と微笑んだ。

「いえ……ありがとうございます」

夏目さんは、はにかむような笑みを浮かべて、頭を下げた。しかし、

「受賞がきまって、おばあさまも喜ばれたでしょうね。もしかして、授賞式にも来られてたんですか？」

先輩作家の水野さんの言葉に、夏目さんは、「それが……」と表情を曇らせて、首を振った。

「本当は、誰よりも祖母に一番来てもらいたかったんですけど、その直前に風邪をこじらせてしまって……結局、大伯父のお墓にも一人で報告にいくことになってしまいました」

夏目さんがさびしそうに言葉を途切らせた時、ガタガタ、と窓が鳴った。北風が少し強くなってきたみたいだ。

「あの……」

沈黙をさけたかったわたしは、教室で発言する時みたいに手を上げて聞いた。

「どうしてタイトルを変えたんですか？」

「え？」

夏目さんがびっくりした顔になったので、わたしは慌てて、

「あ、別に今のタイトルが悪いとか、そういう意味じゃないんです。ただ、この本をつく

るのが夢だったっておっしゃってたから、どうして変えたのかな、と思って……すいません」

　ぺこりと頭を下げるわたしの様子がおかしかったのか、談話室に笑いがおこった。笑い声がひと段落すると、

「タイトルを変えたのは、僕なりのこだわりなんです」

　夏目さんが、照れた様子で口を開いた。

「大伯父はきっと、娯楽の少なかった時代に祖母を――妹を楽しませるために、この本を書いたんだと思います。だけど、僕はこれを、子どもの頃に祖母と交わした約束を果たすために書いたんです。そんな僕なりの思いを、作品のどこかに込めたくて……でも、こんな個人的な感情でタイトルをきめるなんて、プロの作家としては失格なのかもしれませんね」

　そういって、夏目さんは水野さんの顔をチラッと見た。水野さんは笑って、

「そんなことはありませんよ。作品は読者のものであると同時に、作者のものでもあるんですから、どんな思いを込めてもいいと思います」

　そういうと、わたしにこっそり片目を閉じてみせた。実は水野さんも、自分の作品のタイトルに個人的な思いを込めているのだ。そのことを知っているわたしは、フフッと笑った。

「それに、こういう言い方をするのは失礼かもしれませんが……」

『遠い日の約束』を手にとりながら、水野さんが続けた。

「二作目を読まれた編集者さんが、夏目さんの才能は本物だっておっしゃってましたよ。一作目と違って、二作目は完全にオリジナルなんですよね？」

「もう続きができたんですか？」

わたしが身を乗り出すと、

「続きってわけじゃないんだけど……」

夏目さんはそう前置きをして、新作のあらすじを簡単に教えてくれた。

舞台は少しだけ昔の日本。あるところに、川で死んだ子どもは河童《かっぱ》に生まれ変わるという言い伝えが残る村があった。その村にはとても仲のいい姉弟が暮らしていたんだけど、ある日、弟が川にのまれて行方不明になってしまう。弟は河童に生まれ変わったんだと信じる姉は、弟をさがすため、川の上流を目指して旅立った――

「二作目も、舞台は日本なんですね」

美弥子さんの言葉に、

「できれば、日本を舞台にしたファンタジーを書いていきたいんです」

夏目さんが熱を帯びた口調で答えた。

「日本の子どもたちが外国のファンタジーに熱中するように、外国の子どもたちに夢中で読んでもらえるような、そんな和風ファンタジーを書くのが僕の目標なんです」

そして、窓の外に目を向けて雲峰の町並みを眺めながら、「いつか、この街を舞台に書いてみたいんです」と続けた。

「ここは、大伯父と祖母にとっての故郷ですから……いま、僕たちはS県に住んでいるんですけど、近くにいても、案外来ないものですね。雲峰市の名前を出したら、祖母も懐かしいといって喜んでくれました」

「え？」

わたしは思わず声を上げた。美弥子さんたちも、きょとんとして顔を見合わせている。

そんなわたしたちの様子に、夏目さんが不思議そうに首をかしげた。

「どうかしましたか？」

「あの……」

みんなを代表して、わたしが口を開いた。

「おばあさん、お元気なんですか？」

「え？」

今度は夏目さんが目を丸くする。わたしは慌てて言葉を継《つ》いだ。

「だって、さっき風邪をこじらせてしまって、結局って……」

夏目さんは少しの間、わたしの言葉の意味を考えていたみたいだったけど、やがて「ああ、なるほど」と呟くと、苦笑いしながら頭をかいた。

「すいません。たしかにまぎらわしかったですね。祖母は風邪をこじらせて、そのまま入院してしまったので、授賞式には来られなかったんです。それが思いのほか長引いたので、結局大伯父の墓前へも僕一人で報告にいくことになってしまったんですが、その後無事に退院して、いまでは週に一、二回の通院でよくなったので……」

その時、ノックの音が聞こえた。

「僕が今日、雲峰市に来ることを話したら、祖母も白石さんに——さゆりちゃんに会いたいから……」

夏目さんは席を立って、ドアに向かった。

「病院が終わってからこちらに来ると……」

夏目さんがドアを開けると、そこには、小柄なおばあさんが立っていた。

ガタッ、と椅子の倒れる音がする。

振り返ると、白石さんが立ち上がって、大きく目を見開いていた。

「みどりちゃん……」

白石さんの両目から、みるみるうちに涙があふれ出した。

第四話

空飛ぶ絵本

石を投げたら、キン、と音がしそうな夜だった。

カチューシャのような細い月が、夜空に白く輝いている。そのまわりを、たくさんの星たちが、まるで「ここにいるよ」と主張するみたいに、慌ただしく瞬いていた。

不意に、ヒューッと笛のような音をたてて、北風がわたしの顔をパシッとなでていった。わたしが思わず「ひゃっ」と悲鳴を上げると、

「やっぱり、マフラーを持ってきた方がよかったわね」

美弥子さんが隣りで、首をすくめながら笑った。わたしは大きくうなずきながら、白い毛糸の手袋で、痛いぐらいに冷え切った耳を包んだ。

十二月も半ばを過ぎた日曜日の夜、わたしは美弥子さんと一緒に、県立科学文化会館──通称オレンジホールで開かれた「冬の星座講座」という、なんだか早口言葉みたいな名前の公開講座に参加してきたところだった。

オレンジホールは、その名の通りオレンジ色をした大きな建物で、科学の体験学習が出来る科学館や、県で唯一のプラネタリウム、コンサートやお芝居が見られるイベントホールに、会議室やカフェも入っている。

講座のことを教えてくれたのはお母さんで、本当は今日もお母さんと一緒に来るはずだったんだけど、編集部の人がインフルエンザで次々と倒れてしまい、休日出勤するはめになってしまったのだ。

オレンジホールは、わたしの家の最寄り駅から電車で三駅のところにあるんだけど、講座はプラネタリウムの最終上映と同じ時間帯なので、冬至《とうじ》の近いこの季節では、開始時点ですでに外は真っ暗になってしまう。

わたしは一人でも大丈夫っていったんだけど、お母さんが「絶対だめ」というので、ちょうどお休みだった美弥子さんに付き合ってもらうことにしたのだ。

「ごめんね、せっかくのお休みに」

わたしが声をかけると、

「なにいってるの」

美弥子さんは笑顔で首を振った。

「わたしもこの講座には興味があったから、誘ってもらってちょうどよかったのよ」

今日の講座は二部制になっていて、前半は天文学者さんが星の運行について、後半は民俗学者さんが星座の成り立ちとそれにまつわる神話について、詳しく話してくれた。どちらもすごく面白かったんだけど、ちょっと難しくて、講座に来ていたお客さんも、半分以上は大人の人だった。

「それより――」と、美弥子さんが続けた。

「どうせなら、『ごめんね』よりも『ありがとう』の方が嬉しいな。だって、『ごめんね』だと、なんだかしおりちゃんが悪いことしたみたいだけど、『ありがとう』だったら、わたしがいいことをしたみたいでしょ？」

そういって、おおげさに胸を張ってみせる美弥子さんに、わたしは笑いながらいい直した。

「そうだね。美弥子さん、一緒に来てくれてありがとう」

それだけで、なんだか気持ちと足取りが軽くなる。わたしはスキップを踏みかけて、すぐに足を止めた。

「あれって、オリオン座かな？」

「どれ？」

「ほら、あれ」

わたしは夜空に明るく瞬く砂時計みたいな星座を、まっすぐに指さした。

『――オリオン座のリゲルは地球から約七〇〇光年、はくちょう座のデネブまでは約一八〇〇光年も離れています』

わたしの耳の奥に、さっき聞いたばかりの天文学者さん――まだ若い女の人だった――の声がよみがえってきた。

『一光年というのは、光が一年間かかってようやくたどり着く距離のことです。光というのは一秒間に約三十万キロメートルも進みますから、一光年というのは、約九兆四千六百億キロ——新幹線が時速三〇〇キロで休みなく走り続けて、だいたい三六〇万年かかる計算になりますね。ですから、何百光年、何千光年というのは、途方もない距離なのです』

あまりにもスケールが大きすぎて、わたしは聞いているうちに頭がくらくらしてきた。

そういえば、講座の最後に質問コーナーがあって、わたしと同い年ぐらいの男の子が、

『僕たちが夜に星を見てるみたいに、リゲルやデネブから地球は見えてるんですか？』

と質問していた。わたしは、地球は太陽みたいに光ってるわけじゃないから、見えないんじゃないかな、と思ったんだけど、意外にも天文学者さんは、ちょっと考えてからゆっくりとうなずいた。

『夜空に見えるお月様は、とても明るく輝いていますが、あれは自分の力で光っているわけではありません。太陽の光を反射して、輝いているように見えるのです。地球も一応、太陽の光を反射してはいますが、その光は、わたしたちが目にしている星々の輝きに比べると、とても弱い光です。しかし、とても性能のいい望遠鏡——地球上にはまだ存在していないような、すごい望遠鏡があれば、遠くの星からも地球のことが見えるかもしれません』

そして最後に天文学者さんは、にっこり笑ってこう付け加えた。

『もしかしたら、いまこうしている間にも、どこかの星の天文学者が、わたしたちのこの街を望遠鏡でのぞいているかもしれませんね』

それは、とてもわくわくするような想像だったので、わたしはオリオン座に向かって「おーい」と手を振ってみた。

「どうしたの？」

美弥子さんが、驚いたように振り返る。

「なんでもない」

わたしは照れ笑いを浮かべながら、スキップを再開した。すると、今度は美弥子さんが、突然「あ」と声を上げて立ち止まった。

「どうしたの？」

「忘れ物」

美弥子さんはコートのポケットを両手でさぐりながら、情けなさそうに顔をしかめた。

「講座が始まる前に携帯電話の電源を切って、そのまま座席に置いてきちゃった」

座席にかなり余裕があったので、わたしたちは講義を聞いている間、空いていた隣りの席にコートや荷物を置いていたのだ。

「どうしよう」

美弥子さんは困った顔で暗い夜道を振り返った。ホールを出てから、もうずいぶん歩いてきたので、駅まではあとほんの少しだ。

多分美弥子さんは、わたしをこのままひとりで先にいかせるか、ホールまで一緒に戻るかで迷っているのだろう。わたしはどっちでもよかったんだけど、一緒に戻ると余計に時間がかかっちゃいそうだし、美弥子さんが気を使うと思ったので、美弥子さんが何かいい出すよりも先に口を開いた。

「先にいって、駅前のコンビニで待っててもいい？」

「ひとりで大丈夫？」

心配そうな美弥子さんに、わたしは笑って手を振った。

「大丈夫、大丈夫。すぐそこだし」

実際、あと角を二つか三つ曲がれば、駅前のにぎやかな商店街に出るはずだった。

「ごめんね」

手を合わせて、いま来た道を駆け戻っていく美弥子さんを見送ると、わたしはポケットの中の防犯ブザーを手さぐりで確かめてから、両手を振って勢いよく歩き出した。

そういえば、帰り際に天文学者さんが、

『駅に向かって帰られる方は、いまの季節のこの時間帯なら、オリオン座がちょうど目印になりますよ』

といっていた。

オリオン座と、そのそばにあるふたご座を目印に歩いていたわたしは、左右をブロック塀《べい》に囲まれた一本道の途中で足を止めた。前方の街灯の下を、わたしと同い年ぐらいの女の子が、夜空を見上げながらゆっくりとした足取りで歩いているのが目に入ったのだ。

（あれ？）

わたしは目をこらして、その子の後ろ姿をじっと見つめた。見覚えのあるハーフコートに、ピンクのトートバッグ——それは、同じクラスの麻紀《まき》ちゃんに間違いなかった。

そういえば、麻紀ちゃんが通っている塾は、オレンジホールの近くだったな——そんなことを思い出しながら、わたしが足をはやめて近づいていくと、麻紀ちゃんは商店街の手前で急に立ちどまった。

「麻紀ちゃん」

ちょうどすぐ後ろまで迫っていたわたしが、そのままの勢いでぽんと肩を叩くと、麻紀ちゃんは肩をビクッと震《ふる》わせて、すごい勢いで振り返った。そして、まんまるに見開いた目でわたしを見つめると、一度前方に視線を戻して、またすぐにわたしの方を振り返った。

その顔を見て、今度はわたしの方が驚いた。麻紀ちゃんの両目いっぱいに涙がたまっていたのだ。

「どうしたの？」

わたしが慌てて聞くと、麻紀ちゃんは唇《くちびる》を震わせながら、わたしをキッとにらんだ。そして、怒っているような泣いているような、なんともいえない表情を浮かべると、そのまま駅の方へと走り去ってしまった。

あまりにも突然の出来事に、わたしが呆然とその後ろ姿を見送っていると、

「しおりちゃん、どうしたの？」

後ろから声をかけられた。わたしが我に返って振り返ると、美弥子さんが息を切らせながら、心配そうにわたしの顔をのぞき込んでいた。

「わからないの」

わたしは混乱したまま、ぶんぶんと首を振った。

麻紀ちゃんとは、一年生の時に同じクラスになってからの仲良しなんだけど、あんなに険しい表情を見るのは初めてだった。

「美弥子さん、どうしよう」

わたしは美弥子さんのコートの袖《そで》をつかんでうったえた。

「わたし、麻紀ちゃんを怒らせちゃったみたい」

わたしの言葉に、美弥子さんはわけがわからないという顔で、目をぱちくりとさせた。

「きっと、夜道でいきなり声をかけられて、びっくりしちゃったのよ」

キッチンでお茶の用意をしながら、美弥子さんがいった。

美弥子さんに送ってもらってマンションに戻ると、お母さんはまだ仕事から帰っていなかった。そこで、美弥子さんにお茶を飲んでいってもらうことにしたのだ。

「でも、普通に声をかけたんだよ」

わたしとしてはむしろ、おどかさないように、そっと声をかけたつもりだったんだけど……。

「別にけんかしてるわけじゃないんでしょ？」

ティーポットをリビングに運びながら、美弥子さんが聞いた。

「してないよ」

わたしはすぐに答えた。昨日の金曜日も、学校で普通におしゃべりしていたのだ。

「しおりちゃんに心当たりがないのなら、麻紀ちゃんの方に何か事情があったのかもね」

美弥子さんは二人分のティーカップに紅茶を注ぎながらいった。

「どういうこと？」

「たとえば、塾に通ってることを内緒にしてたのに、塾から帰るところをしおりちゃんに見られて、びっくりしちゃったとか……」

「それはないよ」

わたしは紅茶にミルクをたっぷり入れながら首を振った。麻紀ちゃんがオレンジホールの近くの塾に通っていることは、わたしだけではなく、友達はみんな知っていることだ。

「それじゃあ反対に、塾をさぼってたところをしおりちゃんに見つかって、慌てちゃったとか……」

「それもないと思う」

あの時間帯なら、塾もとっくに終わっているはずだから、道で会っても慌てる必要はない。

美弥子さんは、冷え切った手を温めるようにティーカップを両手で包み込みながら、小さく首をかしげた。

「でも、たしかにおかしいわね。麻紀ちゃんって、夜道でしおりちゃんとばったり出会ったりしたら、びっくりするよりもむしろ、大はしゃぎしそうなタイプなのに」

そうなのだ。麻紀ちゃんとは何度も一緒に図書館にいっているので、美弥子さんもよく知ってるんだけど、どちらかというと、夜道で知ってる人に出会ったら、後ろから「わっ」とおどかしてきそうなタイプなのだ。

「もしかしたら、知らない間に麻紀ちゃんのことを怒らせてたのかな」

わたしは急に心配になってきた。美弥子さんは、わたしを安心させるようにふんわりと微笑んで、

「麻紀ちゃんなら、怒るようなことがあれば、それをしおりちゃんに直接いいそうな気が

するけど……明日、学校で聞いてみたら？」

「うん、そうする」

　わたしはうなずいた。麻紀ちゃんがどうしてあんな態度をとったのかは結局わからなかったけど、美弥子さんに話を聞いてもらったおかげで、気持ちがちょっと楽になった。

　お茶を飲み終わると、わたしたちはベランダに出た。いっそう冷たさを増した北風に、身をすくめながら夜空を見上げると、さっきまで横向きに倒れていたオリオン座が、少しだけ起き上がっていた。だけど、何回見てもわたしには、ギリシア神話の英雄というよりも、砂時計に見えてしまう。もしかしたら、昔は空気がきれいだった分、いまよりもっとたくさんの星が見えて、オリオン座も本当に人の姿のように見えていたのかもしれない。

わたしが美弥子さんにそういうと、

「そうね……でも、もっとたくさんの星が見えていたなら、その中から人の形を見つけ出すのも、大変だったんじゃないかしら」

　美弥子さんは星空を見上げたままそう答えた。

「それに、星座の先生もおっしゃってたでしょ？　神話は結局、星がつくるんじゃなくて、星を見た人間の想像力がつくるんだって」

　星座の先生というのは、講座の後半に登場した民俗学者さん――真っ白な髪をした背の高いおじいさんだった――のことだ。マイクがいらないいんじゃないかと思うくらいよく通る声で、星座に関するいろいろな話をしてくれたんだけど、その先生が、講座の最後にこんなことをいっていたのだ。

『――昔に比べると、肉眼で見える星の数は、ずいぶん少なくなりました。わたしが子どもの頃から比べても減っているのですから、神話がつくられた数千年前に比べたら、目に見える星の数なんて、ほんのわずかなものでしょう。それでも、もし興味があれば、寒いのを少し我慢して、しばらくの間夜の空をじっと眺めてみてください。見ているうちに、除々に目が慣れていって、見える星の数がどんどん増えていきます。そうしたら、その見える範囲の星を使って、あなただけの星座をつくってください。そして、星座が出来たら、今度は神話をつくってみてください。もしかしたらその神話が、何千年も未来の人たちに語り継がれていくかもしれません』

わたしたちはじっと星空を見つめた。少しずつ、小さな瞬きが夜空に増えていく。

「すごいね」

美弥子さんがぽつりと呟いた。

「うん」

真っ白な息の向こう側で、さらに増え続けていく星たちの光を、わたしたちは寒さも忘れて見つめ続けていた。

火曜日の放課後。わたしは学校が終わると、まっすぐに図書館へと向かった。

図書館のロビーにそびえたつ大きなクリスマスツリーには、星や長靴の飾りに加えて、いつのまにかツリー全体に真っ白な綿の雪が降り積もっている。わたしがツリーの横を通り過ぎると、

「あら、しおりちゃん」

本の山を両手で抱えた美弥子さんが、ちょうど階段から降りてくるところだった。

「温かそうな格好して、どうしたの？」

そういわれてはじめて、わたしは自分が手袋もマフラーも着けたままだったことに気がついた。

「美弥子さん……」

わたしは美弥子さんを見上げて、グスッと鼻を鳴らした。

「どうしたの？」

美弥子さんが本を抱えたまま、目の前にしゃがみ込む。

「わかんない」

わたしは泣きそうになるのを我慢しながら首を振った。

「わたし、やっぱり麻紀ちゃんを怒らせちゃったのかも。あれから口をきいてくれない

の」

昨日の朝、授業が始まる前に麻紀ちゃんと話をしようと思ったわたしは、いつもより早い時間に学校にいって、麻紀ちゃんが来るのを教室で待った。だけど、いつもはもっと早く来るはずの麻紀ちゃんが、昨日に限ってチャイムと同時に教室に駆け込んできたのだ。

その後も、休み時間になるたびに教室を飛び出してどこかにいってしまうし、放課後もわたしが机を片付けている間に帰ってしまったので、結局話しかけることができなかった。

そして今日も、早目に学校にいって待ってたんだけど、麻紀ちゃんが教室に飛び込んできたのはやっぱりギリギリで、それなら昼休みに絶対声をかけようと思っていたら、どういうわけか、麻紀ちゃんは午前中に突然家に帰ってしまったのだ。

「おうちに電話しようかなとも思ったんだけど、なんだか怖くて……」

ため息をつくわたしに、

「麻紀ちゃんが口をきかなかったのは、しおりちゃんに対してだけだったのかな？」

美弥子さんは、唐突にそんなことを聞いてきた。

「え？」

思ってもみなかったことを聞かれて、わたしは昨日と今日のことをじっくりと思い返してみた。そういえば、この二日間、麻紀ちゃんはわたしだけではなく、クラスの誰ともほとんど口をきいていなかったような気がする。わたしがそういうと、

「だったらやっぱり、しおりちゃんに怒ってるんじゃなくて、麻紀ちゃんの方に何か事情があったんじゃないかしら」

「そっか……」

わたしは恥ずかしくなってうつむいた。自分が麻紀ちゃんに嫌われたかもっていうことで頭がいっぱいで、麻紀ちゃんに何かが起こって困っているのかも、という可能性は考えもしなかったのだ。

その時になって、わたしはようやく、本を抱えた美弥子さんを引き止めていたことに気がついた。

「ごめんなさい。お仕事の途中だったんでしょ？」

「いいのよ。でも……」

美弥子さんは「よっ」と声を出して立ち上がった。

「せっかくだから、ちょっと手伝ってもらおうかな」

「うん！」

スタスタと歩き出した美弥子さんについていくと、そこは一階の奥にある児童書コーナーだった。

「二階の特設コーナーで『冬の星空』を特集しようとしたんだけど、いまはクリスマス特集でスペースがいっぱいだったから、こっちにコーナーをつくろうと思って」

美弥子さんはそういうと、「よいしょ」と長机に本をおろした。

いつもは児童書の新着図書が並んでいる長机に、今日は〈特集　冬の星空　冬の夜空を見上げてみませんか？〉と書かれたプレートがかかっている。そして、プレートの端には、『空から落ちてきた魔女』シリーズの主人公、ベルカが星に乗って空を飛んでいるイラストが描かれていた。

わたしは美弥子さんと協力して、日本各地の星空の写真を集めた『見上げてごらん』という写真集や、冬の星座にまつわる神話を漫画形式でわかりやすく紹介した『冬の夜がたり』、弱きを助け強きをくじく正義の宇宙海賊《かいぞく》が、消えた宇宙船の謎を追う外国のＳＦ『はくちょう座の秘密』、有名人が書いた星にまつわるエッセイを集めた『星の欠片《かけら》をさがしにいこう』などを、表紙が見えるようにして並べていった。

「しおりちゃんは、今年のクリスマスプレゼント、もうお願いしたの？」

本を並べながら、美弥子さんがわたしの耳元でささやいた。

「まだ」

わたしも小声で答えて首を振った。クリスマスには毎年いつも、ちょっと豪華な本――ハードカバーのマザーグースとか『ナルニア国ものがたり』の文庫本セットなんかを買ってもらってたんだけど……。

「今年はちょっと迷ってるの」

「当ててみましょうか」

美弥子さんは、一冊の本を手にとると、胸の前に掲《かか》げた。

「これでしょ？」

「やっぱりわかる？」

わたしは照れ笑いを浮かべて頭をかいた。美弥子さんが手にしているのは、「物のしくみ」シリーズの一冊、『望遠鏡のしくみ』だった。

美弥子さんは長机にその本を並べながら、

「やっと笑ったわね」

そういって、笑顔でわたしの顔をのぞき込んだ。その時になって、わたしはやっと、美弥子さんがわたしにお手伝いを頼んだのは、わたしを元気づけてくれるためだったんだと気がついた。

もしかしたら麻紀ちゃんも、いまのわたしと同じように、自分の心配事で頭がいっぱいになっていて、まわりのことが見えなくなっているのかもしれない。

もしそうなら、わたしは美弥子さんがわたしにしてくれたみたいに、麻紀ちゃんを元気づけるためにはどうすればいいのかを考えよう。そのためにも、明日こそ絶対に麻紀ちゃんと話をしようと心にきめた。

「完全に風邪ね」

お母さんが、体温計を見ながらため息をついた。

「インフルエンザじゃなさそうだけど……今日は一日寝ていなさい。学校には連絡しておくから」

「でも……」

わたしはベッドの上に体を起こそうとした。今日こそは麻紀ちゃんと話をしようと決心したばかりだったのに……。

「でも、じゃないの」

お母さんは厳しい顔で腰に手を当てた。

「とりあえず、少しでいいから朝御飯を食べて、お薬を飲みなさい」

「はーい」

わたしは素直に返事をした。それに、体調が悪いのも事実で、首まで布団《ふとん》にもぐっているのに、布団の中の体が寒くて、外に出ている頭が熱い。

「これ以上熱が上がるようだったら、お医者さんにいきましょう」

わたしがおかゆを一口食べてお薬を飲むのを見届けると、お母さんはそういって部屋から出ていった。リビングの方から、お母さんが学校と会社にお休みの電話をしている声が、かすかに聞こえてくる。

その声を聞きながら、わたしはいつのまにか眠りに落ちていった。

夢の中でわたしは、ベルカと一緒に大きなマジックを持って宇宙を飛び回っていた。星と星の間に線を引いて星座を描こうとするんだけど、わたしもベルカも絵が苦手なので、はくちょう座があひる座になったり、さそり座がだんご虫座になったりと、夜空はとんでもないことになっていった。

そこに現れた美弥子さんが、あひるをはくちょうに、だんご虫をさそりに描き直すと、夜空いっぱいに大きなクリスマスツリーを描き出した。明るい星も暗い星も、白い星も赤い星も、すべてがツリーのイルミネーションになって、きらきらと輝いている。そして、ツリーのてっぺんには真っ白な三日月が――

次に目を覚ました時には、もうお昼近くになっていた。

「気分はどう？」

一人用の土鍋《どなべ》に雑炊《ぞうすい》をつくって持ってきてくれたお母さんに、わたしはベッドの上に起き上がりながら、体温計を差し出した。

「だいぶ良くなったみたい」

まだ平熱とまではいかないけど、朝に比べれば、ずいぶん下がっている。

お母さんは体温計を見て、すこし顔を緩めたけど、またすぐに厳しい表情に戻った。

「夜遅くまでベランダに出たり、窓を開けっぱなしにしたりしてるからよ」

わたしは布団を引き上げて首をすくめた。お母さんのいう通り、公開講座を受けてから、毎晩一回は夜空をゆっくりと眺めるくせがついてしまったのだ。

「だって、最近天気がいいから……」

「天気のせいにしないの」

そういって、お母さんは苦笑いを浮かべた。そういえば、元はといえば星座講座をすすめてくれたのはお母さんだった。

「星を見るのもいいけど、ほどほどにね」

「はーい」

わたしは元気良く返事をすると、体を起こして雑炊に手をのばした。朝からほとんど何も食べていなかったので、お腹がぺこぺこだ。

「こら、ちゃんと机で食べなさい」

お母さんは土鍋の乗ったお盆を、勉強机の上に置くと、

「ほんとに気分は大丈夫なの？」

ベッドから降りようとするわたしにあらためて聞いた。

「大丈夫だけど……どうして？」

「うん……実はさっき、会社から電話がかかってきてね。どうしてもいかなくちゃいけな

いみたいなの。夕方には美弥子に頼んで来てもらおうと思うんだけど、それまで一人でも大丈夫？」

「大丈夫」

わたしはガッツポーズをしてみせた。それでもお母さんは、少し心配そうに、

「もしちょっとでも気分が悪くなったら、わたしでも美弥子でもいいから、すぐに電話しなさい。いいわね？」

「うん、わかった」

素直にうなずくわたしを見て、お母さんはようやく安心したような笑顔を見せた。そして、

「なにか欲しいものはない？」

と聞いてきた。

「あの……読みたい本があるんだけど……」

わたしの返事に、お母さんは呆れた顔でため息をついた。

「風邪の時ぐらい、本から離れたら？　また疲れるわよ」

「絵本ならいいでしょ？　どうしても読みたい絵本があるの」

わたしは駄々《だだ》をこねた。せっかく——というのも変ないい方だけど、風邪をひいて寝込むなんてめったにないことだから、少しぐらい駄々をこねても許されるような気がしたの

だ。

それに、本がわたしにとって一番の栄養になることも間違いない。それがわかっているので、お母さんも結局はあきらめたようにうなずいた。

「じゃあ、あとで美弥子に頼んで借りてきてあげるから。カードは？」

わたしは机の引き出しから自分の貸し出しカードを取り出すと、お母さんに渡した。

カードを人に預けて借りてきてもらうのは、本当は禁止されているんだけど、病気の家族の代わりなら大目に見てもらえるのだ。

「あと一冊は借りられると思うから、『かぜひきサンタ』をお願いします」

わたしは、風邪をひいたサンタさんがクリスマスの夜に大騒動をおこす絵本の名前をあげた。

「はいはい。それじゃあ、おとなしく寝てるのよ。暗くなっても、ベランダに出たり窓を開けっぱなしにしたりしないようにね」

お母さんはしっかりと釘をさすと、カードを手に部屋を出ていった。

一人になったわたしは、勉強机の上の時計を見た。もうすぐ十二時だ。給食の時間だな、と思いながら、わたしは雑炊を食べ始めた。

お腹がいっぱいになったら、おとなしくベッドに戻るつもりだったんだけど、雑炊を半分くらい食べたところで、玄関のドアが開く気配がした。美弥子さんにしては早すぎる。

それに、それならチャイムの音がするはずだ。

わたしがどきどきしていると、ガチャリとドアが開いて、お母さんが入ってきた。

「なんだ、お母さんか。おどかさないでよ」

わたしはほっと胸をなでおろした。

「忘れ物?」

「いーえ、お届け物です」

「え?」

「はい、どうぞ」

お母さんは背中に隠していた大判の絵本をわたしに差し出した。それを見て、わたしは目を丸くした。

「え? あれ? なんで?」

それは、さっきリクエストしたばかりの『かぜひきサンタ』だったのだ。

風邪でぼんやりしている頭が、さらに混乱する。

「まさか、もう図書館にいって来たの?」

時計を見ると、お母さんが部屋を出ていってから、まだ五分くらいしかたっていない。

「サンタさんが持ってきてくれたのよ」

お母さんはいたずらっぽい笑みを浮かべて、机に本とカードを置くと、

「それじゃあ、ほんとにもういかなきゃ。サンタさんが来てくれたんだから、いい子にしてるのよ」

そういい残して、バタバタと部屋を出ていった。わたしはわけがわからないまま、雑炊の残りを食べ終えると、ベッドに戻って絵本を開いた。

『かぜひきサンタ』はタイトルの通り、クリスマスに風邪をひいてしまったサンタさんが、ふらふらになりながらプレゼントを配って歩くという物語だ。なにしろ熱があるので、自転車を待っていた腕白《わんぱく》な男の子に望遠鏡を届けたり、病気がちで部屋から星を眺めるのが好きな少女に自転車を持っていったり、大きなマスクをしていたために、風邪薬を買おうと思って入った薬屋さんで泥棒と間違えられたりと散々で、あげくのはてには、町の中央広場に立っている巨大ツリーにそりで突っ込んでしまう。

一夜明けて、病院のベッドで目を覚ましたサンタさんは、自分のやったことを思い出してすっかり落ち込んでしまうんだけど、実はすべてがうまくいっていたのだ。

男の子は星の美しさに魅せられて天文学者になるといい出すし、少女は思い切って自転車に乗ることで外出するようになるし、薬屋に入ろうとしていた本物の泥棒はちょうどやってきた警察に捕まるし、ツリーを見物していた町の人たちは、本物のサンタさんを見ることが出来て大喜びだった。

そしてサンタさんは、町のみんなに見送られながら、そりに乗って大空に旅立っていった――

絵本を読みながら、いつのまにかまた眠ってしまったらしい。目が覚めると、もう日が暮れ始めていた。

わたしはベッドから降りて、大きく背のびをした。ゆっくり眠ったおかげで、頭と体がずいぶん軽くなった気がする。

枕元に目をやると、『かぜひきサンタ』が、最後のページを開いたままになっていた。

やっぱり、あれは夢じゃなかったんだ――

わたしはベッドのへりに腰かけると、ビニールでコーティングされた絵本を手にとった。

うちには車もバイクもないから、図書館まで往復しようと思ったら、最低でも自転車で十分はかかる。いや、マンションの一階まで降りて、駐輪場から自転車を引っ張り出して、図書館で本をさがして、カウンターで貸し出し手続きをして――そう考えていくと、この部屋を出てから、本を借りてまた戻ってくるまで、どう考えても二十分以上はかかるだろう。

それを五分なんて、空でも飛ばない限り不可能だ。

もしかしたら、お母さんが昨日のうちに借りておいてくれたのかも――絵本を見ているうちに、そんな考えがわたしの頭に浮かんできた。わたしがあんまり星ばかり見てるから、これは風邪をひくに違いないと思ったお母さんが、寝込んだわたしが『かぜひきサンタ』

を読みたいといい出すことまで予測して——そこまで考えて、わたしは自分で笑ってしまった。それだけ正確に予想できていたのなら、本を借りるよりも、夜中の天体観測をやめさせておけばいいのだ。

わたしはパジャマの上からカーディガンを羽織ると、からっぽになった土鍋を持って部屋を出た。もうそろそろ美弥子さんが来るはずだ。土鍋をキッチンに運んだところで、チャイムが鳴った。このマンションはオートロックなので、鍵を持っていない人は、こちらで解除しない限りマンションの中にも入れない。

わたしはインターホンの画面に映ったエントランスの映像を目にして、「あれ？」と呟いた。カメラの向こうに立っているのは、安川くんと——

「麻紀ちゃん？」

安川くんから一歩下がってうつむいているのは、間違いなく麻紀ちゃんの姿だった。

「お見舞いに来ました」

安川くんの声が、インターホン越しに聞こえる。

「ありがとう。すぐ開けるね」

わたしは返事をして、ロックを解除した。

わたしは二人を、暖房の効いた自分の部屋に通した。

「あー、寒かった」

安川くんは部屋に入るなりダウンジャケットを脱ぐと、

「茅野、今日休んで正解だぞ。この寒い中、マラソンなんかやらされたんだから」

そんなことをいいながら、両手をこすり合わせた。一方麻紀ちゃんは、部屋の入り口で立ち止まったまま、コートも脱がずにもじもじしている。

「麻紀ちゃん、どうしたの？　こっちにおいでよ」

わたしが声をかけると、麻紀ちゃんはようやくコートを脱いで、部屋の中に足を踏み入れた。

カーペットに向かい合って腰を下ろすと、

「どうしたの？」

膝に手を置いて、じっとうつむいている麻紀ちゃんに、わたしはもう一度声をかけた。

麻紀ちゃんは、半分だけ顔を上げると、上目づかいにわたしの顔を見つめながら、消え入りそうな声で口を開いた。

「わたし、今日学校で会ったら、この間のことをしおりちゃんに謝ろうと思ってたの。そしたら、風邪でお休みだっていうから——」

「謝る？」

わたしは首をかしげた。

「うん」と麻紀ちゃんはうなずいて、

「日曜日はごめんね。せっかく声をかけてくれたのに……わたし、すごく怖い顔してたでしょ？」

「ううん、わたしの方こそごめん」

わたしは慌てて謝った。

「あんな暗い道で、急に声をかけたりしたから、びっくりしたんだよね？」

「そうじゃないの……」

麻紀ちゃんは、目に涙を浮かべて首を振った。なにがなんだかわからずに、わたしが混乱していると、

「いったい、なにがあったんだよ？」

机の上の絵本をのぞき込んでいた安川くんが、見かねて間に入ってくれた。

「あのね……」

わたしは、日曜日の夜にあった出来事を簡単に説明した。

「――それで、わたしが麻紀ちゃんの肩を叩いたら、麻紀ちゃんが……」

「『すごく怖い顔』で振り返ったってわけか……」

話を聞き終わって、安川くんは腕を組んだ。そして、麻紀ちゃんの方を向くと、

「川端《かわばた》、もしかして、その時なにか願い事をしてたんじゃないのか？」

麻紀ちゃんを苗字《みようじ》で呼んで、突然そんなことをいい出した。

それを聞いた麻紀ちゃんは、弾かれたように顔を上げると、わたしたちの顔を見くらべて、ゆっくりとうなずいた。そして、

「コロが病気だったの」

かすれるような声でいった。

「え？　コロちゃんが？」

わたしは驚いた。コロというのは麻紀ちゃんの家で飼っているパグという種類の犬で、たしかまだ五歳くらいだったはずだ。

「今年の夏頃から、調子が悪くてずっと病院に通ってたんだけど、今月に入ってから急に悪化して……それで、手術することになって、先週の土曜日から入院してたの」

土曜日といえば、星座講座の前の日だ。

「日曜日も、本当は塾なんかいきたくなかったんだけど、テストがあって休めなかったし、それに家にいてもコロがいるわけじゃないし……塾から帰る途中、いま頃コロはどうしてるのかなと思いながら歩いてたら、目の前にすごくきれいな星空がひろがってたの」

麻紀ちゃんの言葉をうなずきながら聞いていたわたしは、あることに気づいて、ハッと顔を上げた。

あの夜、わたしと麻紀ちゃんは同じ方角を目指して歩いていた。つまり、わたしが見ていたのと同じ星空を、麻紀ちゃんも見ていたことになる。そして、あの時正面に見えていたのは、砂時計のようなオリオン座と――

「そっか。ふたご座だ」

わたしは麻紀ちゃんの方に身を乗り出した。

「麻紀ちゃん、もしかして流れ星をさがしてたの？」

麻紀ちゃんはわたしの顔を見つめると、こくりとうなずいた。

「――こんなに星がよく見えるんだったら、もしかしたら、流れ星も見えるんじゃないかと思ったの。去年、夏休みの自由研究で、しおりちゃんと一緒に光害《ひかりがい》（家や街の明かりのせいで、星が見えなくなってしまう公害の一種）について調べたでしょ？　その時に読んだ本の中に、冬の夜、オリオン座を眺めてたら、流れ星がたくさん流れるのが見えたって誰かが書いてたのを思い出して。だから……」

ふたご座流星群だ――わたしはようやく理解した。

流れ星は、いつどこに現れるかわからないから見るのが難しいんだけど、季節によっては、毎年きまった時期のきまった時間帯に、ある特定の方角を眺めれば、かなりの確率で星がいくつも流れるのを見ることが出来る。それが「流星群」と呼ばれるもので、いまの時期はちょうど、ふたご座の方角に流れ星が見える、ふたご座流星群の季節なのだと、星座講座で天文学者さんが話していた。しかも、『冬の空で一番見つけやすいのは、ふたご座の隣りのオリオン座なので、オリオン座を目印にして夜空を見上げるといいかもしれませんね』と教えてくれたのだ。

麻紀ちゃんが読んだ本の作者も、きっと、オリオン座を見ているうちに、ふたご座流星群を偶然目にしたのだろう。

「流れ星が消える前に願い事を三回唱えれば、願い事が叶《かな》うっていうでしょ？　だからわたし、コロが元気になりますようにってお願いしようと思って、流れ星をさがしながら歩いてたの。そしたら――」

なんと、本当に目の前を流れ星が流れたのだ。麻紀ちゃんは、急いで願い事を三回唱えようとした。ところが――

「ごめん！」

わたしは両手をあわせて、本気で謝った。

「そこに、わたしが声をかけちゃったんだね」

わたしも何度かチャレンジしたことがあるけど、流れ星が流れている間に願い事を三回唱えるというのは、実はほとんど不可能に近い。流れ星はいつどこに流れるかわからないし、流れる時間も本当に短いからだ。もしそれが出来るとすれば、流れる前から方角の見当をつけて待ち構えていた時ぐらいだろう。それが実現しそうだったところを邪魔された

のだから、麻紀ちゃんが怒るのも当たり前だ。だけど、麻紀ちゃんはぶんぶんと首を振って、

「あの時は、びっくりしたせいもあって思わずしおりちゃんをにらんじゃったけど、しおりちゃんに声をかけられなくても、多分駄目だったと思う。だって、流れ星ってほんとに一瞬なんだもん。それに――」

麻紀ちゃんは、今日初めての笑顔を見せた。

「もう、流れ星にお願いしなくても大丈夫なの」

「え？　それって……」

「手術が成功して、昨日、コロがうちに帰ってきたのよ」

「ほんと？　よかった……」

わたしは胸に手をあてて、体中の息を吐き出した。

それでも、ここ二、三日は本当に危なかったらしい。心配でたまらなかった麻紀ちゃんは、月曜日も火曜日も、本当は持ち込み禁止の携帯電話をこっそり学校に持ってきて、休み時間ごとにトイレに隠れては、おうちの人に電話してコロの容体を聞いていたのだそうだ。

「昨日は、手術の結果がどうしても気になったから、先生にお願いしてお昼前に帰らせてもらったの。だけど、家に帰ってコロの元気な姿を見たら、今度はしおりちゃんのことが

気になってきちゃって……昨日も一昨日も、しおりちゃんが話しかけようとしてくれてたことには気づいてたんだけど、コロのことが気になって、それどころじゃなかったの。だから、今日学校にいったら、真っ先にしおりちゃんに謝ろうと思ってたんだけど……」

「茅野のお見舞いに来たら、マンションの前で川端がうろうろしてたんだ」

安川くんがそういって、麻紀ちゃんの話をひき継いだ。

「俺は寄り道してから来たんだけど、川端は学校が終わって、まっすぐここに来たんだろ？　もしかして、ずっとマンションの前で迷ってたのか？」

「一回家に帰ってから自転車で来てるから、ずっとっていうわけでもないけど……」

「大丈夫？　寒かったんじゃない？」

わたしは慌てて腰を浮かせた。

「うーん……ちょっとね」

麻紀ちゃんは、首をすくめて微笑んだ。そのほっぺたに手をのばして、わたしはびっくりした。部屋に入って十分以上たつのに、まだ少しひんやりとしている。

「大変！　今度は麻紀ちゃんが風邪ひいちゃうよ」

わたしは部屋を出てリビングの暖房を入れると、電子レンジでミルクを温めた。インスタントのココアを入れてから、二人を呼んで、リビングのテーブルを三人で囲む。

「それにしても……」

わたしは感心のため息をついて、安川くんを見た。

「わたしの話を聞いただけで、麻紀ちゃんが願い事をしてたってよくわかったね」

「そんなにたいしたことじゃないよ」

安川くんは照れたように笑って、熱いココアにふーっと息を吹きかけた。白い湯気が、安川くんの顔の前にわっと広がる。

「夜に空を見上げてたんだから、多分月か星を見てたんだろうなと思ったんだ。それを邪魔されて怒ったんだから……茅野は、川端が怒ってるのを見てパニックになったから、気がつかなかったんだよ」

「ほんとにごめんね」

麻紀ちゃんがマグカップを両手でしっかりと包みながら、わたしの顔を見て小声でいった。

「もういいよ。わたしもコロの病気のことを知ってたら、一緒に流れ星をさがしてたと思うし」

そういって、ココアを一口飲んでから、ふと気がついた。

「そういえば、コロが麻紀ちゃんの家にやってきたのって、クリスマスの頃じゃなかった？」

「うん。ちょうど五年前のクリスマス」

麻紀ちゃんはその時のことを思い出したのか、くすくすと笑った。

「クリスマスの朝に起きたら、枕元にコロがいて、お父さんとお母さんに『サンタさんのおうちで子犬が生まれたから、もらってきてあげたよ』っていわれたの」

わたしもそれを聞いて、思わず笑ってしまった。サンタさんからプレゼントをもらう家はたくさんあると思うけど、お父さんとお母さんが、サンタさんから『もらってくる』家というのは珍しいのではないだろうか。

「サンタさんといえば――」

わたしは安川くんの方を向いていった。

「さっき、わたしの部屋に絵本があったでしょ?」

「ああ、『かぜひきサンタ』だろ?」

「あの本を持ってきてくれたのも、サンタさんなの」

わたしは二人に、絵本がわたしの手元に届くまでの経緯について説明した。

「五分で図書館と往復したの?」

話を聞いた麻紀ちゃんは、目を大きく見開いた。

「だって、ここから図書館まで、片道だけでも五分はかかるでしょ?」

「うん。エレベーターがなかなか上がってこない時なんか、自転車に乗って出発するだけでも五分ぐらいかかるかも」

「それって、ほんとに五分だったの？　実はもっと時間がかかってたとか……」

　麻紀ちゃんの言葉に、わたしははっきりと首を振った。もしわたしが寝ていたのなら、時間を勘違いしたっていう可能性もあるかもしれないけど、その間、わたしは起きて雑炊を食べていたのだ。一分や二分ならともかく、そんなに大きく時間を間違えるとは考えられない。

「安川くんは、どう思う？」

「え？」

　わたしが話をふると、安川くんはびっくりしたように顔を上げて、それからまたテーブルに視線を落とした。

「えーっと……自転車じゃなくて、車を使ったらどうかな」

「でも、しおりちゃんのお母さん、車の免許を持ってないでしょ？」

「自分で運転したとは限らないだろ」

「あ、そっか」

　麻紀ちゃんは手を叩いた。

「マンションを出たところに、知り合いの車が偶然通りかかって、そのまま図書館まで乗せていってもらったっていう可能性も、ないわけじゃないもんね」

「だけど、図書館で本を借りたら、またすぐに戻ってこないといけないんだよ」

　わたしが反論すると、麻紀ちゃんは少し考えてから、またひとつパチンと手を叩いて、自信満々の様子でいった。

「それじゃあ、図書館の人に電話して、超特急で配達してもらうっていうのはどう？　それなら片道だけですむでしょ？」

　わたしは天井を見上げて、麻紀ちゃんの説を頭の中で検証してみた。電話を受けてから本を見つけるまで、慣れた人なら二、三分で可能だろう。そこから車を飛ばせば、マンションまで三分。マンションの前でお母さんが待ち構えていて、本を受け取ってすぐに部屋まで戻れば、理論的には五分でも可能かもしれないけど……。

「でも、やっぱりおかしいよ」

　わたしは声を上げた。

「だって、どうしてそんなに急がないといけないの？」

「そっか……たしかにそうだよね」

　麻紀ちゃんは肩をすくめて頭をかいた。

　いくら可能だからとはいえ、命がかかった薬を運ぶわけでもないのに、そこまでして本を急いで借りてくる理由がない。

　やっぱり空を飛んできたのかな……。

　わたしたちが首をひねっていると、

「だったら、やっぱりサンタさんが持ってきたんだろ」

安川くんがポツリと呟いた。それを聞いて、わたしと麻紀ちゃんは思わず安川くんの顔をまじまじとのぞき込んでしまった。どちらかというと――いや、どちらかといわなくても、安川くんはあんまり、そういうファンタジーなことはいわなそうなタイプだったからだ。

わたしたちの視線に気づいた安川くんは、照れ隠しをするみたいに顔をしかめると、

「茅野。この辺りの地図ってあるか？」

と聞いてきた。

「地図？　うん、あるよ」

わたしは災害時の避難場所なんかがしるされた防災マップを安川くんに渡した。

「図書館までの距離をはかるんだったら、メジャーかなにか持ってこようか？」

「いや……」

安川くんが首を振って、自分のデイパックから筆箱を取り出した時、チャイムの音が鳴った。

インターホンに出ると、スーパーの袋を提《さ》げた美弥子さんが、カメラの向こうで手を振っていた。

「あら、お見舞いに来てくれたの？」

美弥子さんは部屋に入ると、安川くんと麻紀ちゃんに笑いかけた。

「ちょうどよかったわ。ケーキを買ってきたんだけど、ちょっと大きすぎたかなって思ってたの。一緒に食べていってくれる？」

スーパーの袋とケーキの箱を手にキッチンへと向かう美弥子さんを、わたしが追いかけると、美弥子さんはわたしの耳元に口を寄せてささやいた。

「麻紀ちゃんと仲直りできたのね？」

「うん」

わたしは食材を冷蔵庫にしまうのを手伝いながら、麻紀ちゃんの抱えていた事情を簡単に話した。

「そっか……星の話を聞いたばかりだったのに、流れ星のことを思いつかなかったのは、うかつだったな」

話を聞き終わると、美弥子さんは冷蔵庫に卵を並べながらそういって笑った。

「でも、コロちゃんがよくなってよかったわね」

「うん。美弥子さん、今日はお仕事は？」

「ちょっとだけ早退したの。ほんとはもっと早く来るつもりだったんだけど、お買い物してたら遅くなっちゃった」

「そっか。ごめんね……じゃなくて」

わたしは慌てていい直した。

「来てくれて、ありがとう」

わたしたちは、顔を見合わせてにっこりと笑った。

四人分のお茶と、切り分けたロールケーキをトレイにのせてリビングに戻ると、安川くんが地図を新聞みたいに両手で広げて、熱心に見つめていた。

「さっきから、なにをさがしてるの？」

美弥子さんが不思議そうに声をかける。わたしは自分の部屋に戻ると、『かぜひきサンタ』を持ってきて、美弥子さんに「五分間の謎」の話をした。

「ここと図書館を五分で往復する方法か……」

パラパラとページをめくりながら呟いた美弥子さんは、なにげなく本を裏返して、「あら？」と声を上げた。

「これって、BM《ビーエム》本じゃない？」

「え？」

わたしは手をのばして本を受け取ると、

「ほんとだ……」

あっけにとられて本の裏表紙を見つめた。

図書館の本の裏には、本を分類するためのバーコードと、その本がどこの所蔵なのかを表示した小さなシールが貼られている。そのシールに、はっきりと「雲峰市立図書館・BM」と記されていたのだ。

「BMってなあに？」

麻紀ちゃんが身を乗り出して、わたしの手元をのぞき込む。

「外国の車のこと？」

「それはBMW《ビーエムダブリュー》」

安川くんが冷静に突っ込む。美弥子さんがくすりと笑って、

「BMっていうのは、ブック・モービル——移動図書館のことよ。ほら、本棚に本をいっぱい積んで、公園とか小学校を回ってるワゴン車があるでしょ？　この本は、あの移動図書館の本なの」

「え？　それじゃあ……」

麻紀ちゃんの呟きに、わたしは本を手にしたままうなずいた。

「BMにはパソコンも積んであって、図書館と同じように、検索や貸し出し手続きも出来るようになってるの。お母さんはきっと、図書館じゃなく、この近くの巡回場所で借りてきてくれたんだ」

ビニールでコーティングされているので、図書館の本ということは一目でわかったんだけど、美弥子さんにいわれるまで、BMの本だということには気がつかなかった。

図書館の方からこっちに来てくれたんだから、これで「五分間の謎」は解決したと思ったんだけど――

「でも、おかしいわね……」

美弥子さんが頬に手をあてて呟いた。

「どうしたの？」

わたしが聞き返すと、美弥子さんは首をかしげて答えた。

「このマンションの近くに、BMがとまるような巡回場所があったかしら……」

移動図書館というのは、たとえば「何月何日の午後三時から四時半まで、雲峰小学校のグラウンドにて」というふうに、巡回する場所と時間がきまっている。だけど、美弥子さんによると、移動図書館というのはそもそも図書館が近くにない人のために巡回しているのだから、図書館までそんなに離れていないうちのマンションの近くに巡回場所があるのはおかしいというのだ。

「でも……」

移動図書館が近くに来てくれなければ、話が振り出しに戻ってしまう。わたしが新たな謎に頭を悩ませていると、

「ちなみに、今日はどんなルートを回っているかわかりますか？」

安川くんがテーブルに地図をひろげて、美弥子さんに聞いた。

「えっと、たしか……」

美弥子さんは地図に細い指を走らせた。

「今日はお昼前に図書館を出発して、十二時から一時までが鷹森《たかもり》公園、それから穂刈《ほがり》公民館に向かって、三時には空見《そらみ》保育園に……」

美弥子さんの指に合わせて、安川くんが鉛筆で地図に薄く線を引いていく。

「ということは……」

鉛筆が巡回ルートを後戻りして、図書館と鷹森公園の間で止まった。

「あ」

地図をのぞき込んでいたわたしと麻紀ちゃんは、同時に声を上げた。

このスケジュールだと、移動図書館はちょうどお昼頃——つまり、お母さんが仕事に出かけようとした時間に、このマンションの前を通過することになるのだ。

「たぶん、茅野のお母さんがちょうどマンションを出たところに、車が通りかかったんじゃないかな」

安川くんは地図の上に指を滑《すべ》らせると、マンションのそばの交差点でその指を止めた。

「ほら、ここって信号はないけど、ちょっと大きな交差点になってるだろ？　車は必ず一時停止するから……」

「目の前にBMが止まるのを見て、反射的に呼び止めちゃったのかもね」

美弥子さんが苦笑しながらいった。

「そんなことしちゃって、大丈夫なんですか？」

麻紀ちゃんが心配そうに聞く。美弥子さんは困った顔で「うーん」とうなって、

「わたしも前にBMに乗ってた時、信号待ちで止まってたら、ちょうどいまから返しにいこうと思ってた、っていう人に声をかけられて、そのまま本を受け取っちゃったことはあるけど、さすがに貸し出し手続きまでしたっていう話は……」

そこまで話すと、こらえ切れなくなったように吹き出した。

「きっと、しおりちゃんのことが、それだけ心配だったのね」

「もう、お母さん……」

恥ずかしいなあ、と顔をしかめようとしながらも、なぜか頬が自然に緩んできてしまう。

あとから聞いた話では、その時移動図書館に運転手さんと一緒に乗っていたのは、天野さんだったらしい。安川くんの予想した通り、交差点の手前で一時停止をしたところに、お母さんが手を振りながらかけ寄ってきて、

「しおりが風邪で寝込んでるんだけど、『かぜひきサンタ』っていう絵本はないかしら？」

と聞かれたのだそうだ。

「『かぜひきサンタ』なら、ちょうど積み込んだところだったし、すごく心配そうな顔をされてたから、思わずその場で貸し出し手続きをしちゃったんだけど、やっぱりまずかったかな」

後日、天野さんはそういって笑っていた。

「それにしても――」

麻紀ちゃんが、感心した様子で安川くんを見つめた。

「安川くんって、やっぱりすごいね。はじめから、車を使ったんじゃないかっていってたもんね」

「偶然だよ、偶然」

安川くんは、なぜか慌てたように手を振って、地図をたたんだ。

「さあ、謎も解けたことだし、冷めないうちにお茶にしましょうか」

美弥子さんの言葉を合図に、わたしたちはいっせいにフォークを手にとった。

少し外の空気を吸った方がいいわよ、という美弥子さんのすすめにしたがって、わたしはマンションの下まで二人を見送りに行くことにした。

「わたし、自転車とってくるね」

麻紀ちゃんが駐輪場にいって、二人きりになると、

「さっきの推理なんだけどさ……」

安川くんが、いいにくそうに口を開いた。

「実は、ちょっとずるしたんだ」

「ずる？」

「うん」

安川くんはデイパックを開くと、中から一冊の絵本をとり出した。それを見て、わたしは目を丸くした。

それは、ビニールでコーティングされた『かぜひきサンタ』だったのだ。

わたしがびっくりして、何もいえないでいると、

「茅野へのお見舞いは、果物やケーキよりもやっぱりこれかな、と思ってさ。学校が終わってから、図書館に寄って借りてきたんだ」

そういって、安川くんは本を差し出した。

わたしは本を受け取って裏返した。バーコードと、「雲峰市立図書館」の文字が目に入る。

それを見て、「ずる」の意味がわかった。

「雲峰市立図書館」とだけ書かれている本は、本館——いつもの建物の所蔵本という意味

だ。よほどの人気図書じゃない限り、同じ本はひとつの館に――本館にもBMにも――一冊しかない。だから、安川くんははじめから、わたしの持っている『かぜひきサンタ』が本館のものではないことを知っていたのだ。だけど――

「どうしてわたしが、この本を読みたがってることがわかったの？」

わたしには、そっちの方が不思議だった。本館の、何万冊もある本の中からこの一冊だけを選び出すなんて、奇跡的な確率だ。

すると、安川くんはなんでもなさそうに、「なんとなく」と答えた。

「風邪ひいてるんだったら、あんまり疲れない本の方がいいだろうと思って、絵本の棚を適当に見て回ってたら、その本がたまたま目についたんだよ」

わたしは、そっと本を開いた。風邪をひいたサンタさんが、部屋を間違えて、おばあさんの枕元に着せ替え人形を置いてきてしまう場面だ。お母さんが借りてきてくれたのと同じ本のはずなのに、こうして見ていると、なんだか違う本のように思えてくる。

「これ、借りてもいい？」

本を抱きしめながらわたしがいうと、安川くんはきょとんとした顔で、

「いいけど……部屋にあったBMの本と、まったく同じだぞ。それに、自分で借りてきてこんなことというのもなんだけど、又貸しになっちゃうし……」

「いいの。これが読みたいの」

明日、学校で返す約束をして、わたしは本を受け取った。


「大丈夫？　ちょっと顔が赤いわよ」

リビングに戻ると、美弥子さんが水音のするキッチンから顔だけを出して、心配そうに声をかけてくれた。

「そう？」

わたしは二冊の『かぜひきサンタ』をテーブルの上に重ねると、頬に手を当てた。たしかに、少し熱いかもしれない。

お手伝いをしようとキッチンに入ると、洗い物はもうほとんど終わってしまっていた。

「さっきの話だけどね——」

ティーカップを食器棚にしまいながら、美弥子さんが口を開いた。

「絵本を持ってきてくれたのは、結局サンタさんじゃなかったけど、でも、それはそれで奇跡的なことだと思わない？」

わたしは首をかしげた。

「どういうこと？」

「だって、移動図書館って、そんなにたくさんの本を積んでるわけじゃないのよ。せいぜい千五百冊から二千冊ぐらいで、しかも雲峰市に一台だけ。その一台が、ちょうどおばさんがマンションを出たところに通りかかって、しかもさがしてた本がすぐに見つかるなんて――これだけ重なれば、ちょっとした奇跡だと思うけどな」

「ちょっとした奇跡か……」

たしかに、いわれてみればそうかもしれない。しかも、美弥子さんは知らないけれど、実はあの本には、もうひとつの「ちょっとした奇跡」が隠れているのだ。

「さあ、病人はあったかくして寝てなさい」

「はーい」

美弥子さんに追い出されて、わたしはおとなしく自分の部屋に戻ると、二冊の『かぜひきサンタ』を机の上に並べた。本を届けてくれたのはサンタさんじゃなかったけど、まるで少し早目のクリスマスプレゼントをもらったような気分だった。

わたし以外にも、この本を読みたがっている子どもはたくさんいるはずだから、今日中に風邪をなおして、明日には学校と図書館に本を返しにいこう――

わたしはベッドに横になると、布団を胸まで引き上げた。暖房のきいた部屋に帰ってきたせいか、顔がほかほかと熱をもっている。

そこに、コンコン、とノックの音がして、美弥子さんが顔を出した。

「ケーキを食べたばかりだから、晩御飯はもう少し後にするわね。鍋焼きうどんでいい？」

「うん。ありがと」

美弥子さんはにっこり笑うと、「お大事に」と手を振ってドアを閉じた。

わたしは閉じたドアをじっと見つめた。

ドアの向こうに、自分のことを考えてくれている人がこんなにいる——

今度は胸のあたりがほかほかとしてきたような気がして、わたしはそっと目を閉じた。

第五話

消えたツリーの雪

こわいくらいに静かな朝だった。

半分だけ体を起こして枕元の目覚まし時計に目をやると、まだセットした時間の十分前だ。

アラームの音で目が覚めるのならわかるけど、静かすぎて目が覚めるなんて、初めての経験だった。いつもは窓越しに聞こえてくる鳥の鳴き声も、車やバイクの走る音も、今朝はまるでテレビのボリュームをオフにしたみたいに、なんにも聞こえない。

わたしはアラームのスイッチを切ってからベッドを抜け出すと、「ある予感」に胸をどきどきさせながら、そっと窓に近づいた。少しひんやりとするカーテンをつかんで、深呼吸を一つしてから、カーテンを両側に一気に開く。

「うわあ……」

目の前の光景に、思わず声がもれた。カーテンの向こうにひろがっていたのは、真っ白な雪のカーテンだったのだ。

わたしは窓を開けて耳をすませた。

これが雨なら、窓を閉めていてもザーザーとうるさいくらいなのに、雪は何の音もたてずに——というよりもむしろ、まわりの音を吸い込みながら、静かに舞い降りてくる。

真っ白な空を背景にしているはずなのに、真っ白な雪の一片一片《ひとひらひとひら》がなぜかはっきりと見えて、じっと見つめていると、まるで雪の海を泳いでいるみたいな気分だった。

どれだけの時間、そうしていたのだろう。急に体がブルッと震えて、われに返ったわたしは、窓を閉めて足早に部屋を出た。

暖房の効いたリビングでは、外出着に着替えたお母さんが、渋い表情でベランダのガラス越しに外を眺めているところだった。どうやら今日も日曜出勤らしい。

お母さんはわたしに気づいて振り返ると、苦笑いを浮かべた。

「今日は取材なんだけどね……」

「取材って、もしかして例の……」

「そうなのよ」

お母さんは大げさにため息をつくと、もう一度ベランダに目をやった。

例の取材というのは、お母さんが編集を担当している雑誌の、新年号の特集のことだった。雲峰山の中腹《ちゅうふく》にある、緑林寺《りょくりんじ》という小さなお寺の年末の風景を紹介するらしいんだけど、ただでさえ寒いこの季節に、あんな山の中にいくなんて、と数日前からぶつぶついっていたのだ。

「大丈夫なの？」

わたしはさすがに心配になって聞いた。こんな天気に山登りなんかしたら、遭難《そうなん》してしまうんじゃないだろうか。

「うーん……とりあえず、編集部に顔を出してみる。雪も、さっきよりはちょっとおさまってきてるみたいだし」

そういわれてベランダの方を見ると、さっきよりも、こころなしか雪の勢いが弱まってきているような気がした。

お母さんは、コートの上からマフラーをぐるぐる巻きにすると、

「もしお母さんが雪に閉じ込められて、帰れなくなっちゃったら、一人でお留守番よろしくね」

本気とも冗談ともつかないような口調でそういって、部屋を出ていった。

一人になったわたしは、お母さんが用意してくれたピザ風トーストとポテトサラダをたいらげると、上着をしっかりと着込んでから、ベランダに出て街を見下ろした。

わたしが朝御飯を食べている間にも、雪の勢いはさらに弱まったみたいで、薄くなった雲の切れ間から、雲峰山のてっぺんを目指して、一筋の光が差し込んでいた。

山も、空も、道も、建物も、すべてが真っ白に染まってしまい、見慣れたはずの風景が、なんだかまるで全然知らない街みたいだ。

こんな雪の日に家の中に閉じ込もってるなんてもったいない——わたしは雪に覆われた

街を見下ろしながら、心の中で呟いた。

雪の日も、図書館にいかなくちゃ！

わたしがマンションを出た時には、雪はほとんどやみかけていた。それでも時折、空の途中にひっかかっていたみたいに、小さな雪の欠片が目の前をひらひらと舞い降りていく。通りがかりのコンビニの前では、お店の人が作ったのか、小さな雪だるまが赤い小さな手袋で道行く人に手を振っていた。

いつもよりも時間をかけて図書館に到着したわたしが、自転車を駐輪場にとめて、コートについた雪を払い落としながら建物の中に入ろうとしていると、

「お姉ちゃん」

突然、後ろから呼び止められた。その呼び方に、ひとりっ子のわたしが少し照れながら振り返ると、カーキ色のコートを着た小田くんが、頭と肩にちょこんと白い雪をのせて立っていた。

「おはよう」

わたしはちょっとまわりを見回してから、

「今日は、バロンはお留守番？」

と聞いた。小田くんはコクンとうなずくと、不服そうに唇を小さくとがらせた。

「あいつ、犬のくせに寒いのが苦手なんです」

小田くんの口調にくすりと笑いながら自動ドアをくぐると、図書館の中は外の寒さが嘘みたいに暖かかった。コートを着ているのが暑いくらいだ。

「あったかいね」

わたしがコートを脱ぎながら声をかけると、小田くんは「うん」とうなずいて、すぐに「でも……」と浮かない顔で続けた。

「でも……どうしたの？」

「あったか過ぎて、雪が溶けちゃったみたい」

「え？」

小田くんが指さした先を見て、わたしは自分の目を疑った。

ほんの数日前まで、ロビーの真ん中に飾られていたはずのクリスマスツリーが、いつのまにかロビーの端っこ——お知らせ掲示板の横に移動している。そして、この前見た時にはツリー全体を覆っていた真っ白な綿の雪が跡形もなく消え、代わりに本物の雪が、まるで溶けかかったアイスクリームのようにツリーの下に積もっていたのだ。

作り物のツリーとはいっても、それなりに重さがあるので、根元はツリーが倒れないように大きな鉢になっている。雪は、そのほとんどが鉢の上ではなく、床にこぼれ落ちていた。

それはまるで、クリスマスツリーに積もった雪が、図書館の暖房で溶け落ちてしまったような光景だった。枝に吊《つ》るされた星や長靴の飾りはそのままなのに、綿の雪だけがきれいさっぱりなくなっている。

わたしは小田くんに、ここで待ってるよういい残すと、コートを抱えて美弥子さんの姿をさがした。

新着図書のコーナーで本を並べていた美弥子さんは、わたしの話を聞いて「どういうこと？」と首をひねっていたけど、ロビーにやってきて、雪の消えたツリーと、その足元の水たまりならぬ雪だまりを見ると、目を丸くした。

「クリスマスが近いからって、本物の雪を使ったわけじゃないよね？」

わたしが美弥子さんの袖を引っ張ると、

「まさか」

美弥子さんは戸惑った様子で首を振った。

「今朝、開館前に見回りをした時には、ちゃんと綿の雪がのってたのよ」

わたしは反射的にロビーの壁時計を見上げた。開館してから、まだ一時間もたっていない。ということは、わずか数十分の間に、ツリーの雪が本物の雪に入れかわったということになる。

美弥子さんはツリーのそばにしゃがみ込むと、溶け残った雪にそっと手をのばして、

「冷たい！」

と手を引っ込めた。

「やっぱり、本物の雪みたいね。だけど、どうしてこんなところに……」

わたしと美弥子さんが、顔を見合わせていると、

「どうしたんですか？」

ちょうど通りかかった天野さんが足を止めた。美弥子さんが簡単に事情を話すと、天野さんはそこで初めて、雪が消えていることに気づいたらしく、

「ひどいなあ……せっかく元通りに直したばかりだったのに」

肩を落としてため息をついた。

「直した？」

「うん。実は――」

天野さんの話によると、一昨日の金曜日、閉館時刻の直前に、館内で走り回っていた子どもがツリーに激突して、派手に倒してしまったのだそうだ。幸い、ぶつかった子どもに怪我はなかったんだけど、ツリーの方は倒れた拍子に、綿の雪も飾り付けもめちゃくちゃになってしまった。

「それで、昨日の午後、絵本講座の受講生の人たちにも手伝ってもらって、三階の談話室

でもう一度飾り付けをしたんだけど……」

ロビーの真ん中に置いておくのはやっぱり危ないということになって、壁際に移動させたらしい。その場所がちょうど雑誌の棚の陰になっていたので、美弥子さんたちもいままで雪が消えていたことに気がつかなかったのだ。

「せっかくきれいに飾り付けたのに……」

わたしは口をとがらせて、ツリーの葉をなでた。本物の雪が積もっていたのなら、ひんやりとしてるかな、と思ったんだけど、ビニール製の緑の葉っぱは図書館の暖房で、むしろ暖かいくらいだった。隣りで私の様子を見ていた小田くんが、真似をするように手をのばして、緑の葉っぱをつんつんと引っ張る。

「とりあえず、片付けちゃいましょう」

美弥子さんがそういって、ぞうきんを取りにいったので、その間にわたしと小田くんは、まだ溶け残っている雪を図書館の外に運び出すことにした。

手袋をつけなおして雪を両手ですくい上げると、毛糸を通して雪の冷たさが、手のひらにじんわりと伝わってくる。

もともと、そんなにたくさん積もっていたわけではなかったので、二人で二往復しただけで、雪はすっかりなくなった。床の水たまりも、美弥子さんと天野さんがぞうきんできれいにふき取ってくれて、後には雪のないクリスマスツリーだけが残った。

「二人とも、お手伝いありがとう」

美弥子さんは、わたしたちににっこり笑いかけると、表情を曇らせて天野さんの方を向いた。

「誰かがわざわざ、外から雪を運んできたんでしょうか」

「でしょうね」

天野さんはまたため息をついた。

「まあ、昨日みたいに飾り付けまで外れてるわけじゃないし……あとで直しておきますよ」

「あら……でも、大丈夫なんですか？」

美弥子さんは、心配そうな、それでいて少し笑いを含んだような表情で天野さんの顔をのぞき込んだ。

「天野さん、お忙しいんでしょう？」

「え……いや、まあ、なんとかなりますよ」

天野さんがなぜか顔を赤くして、慌てた様子で答える。そんな二人の会話を聞くともなしに聞いていると、

「あ、やばい」

小田くんが壁の時計を見上げて呟いた。

「どうしたの？」

「もうすぐお父さんが車で迎えに来てくれるんです。それまでに、頼まれた本をさがしておかないと――」

小田くんはポケットから一枚のメモを取り出した。

「頼まれた本？」

メモをのぞき込んだわたしは、そこに書かれた本のタイトルを見て、思わずまじまじと小田くんの顔を見つめた。

「お母さんに頼まれたんです」

小田くんは、誇らしげに笑ってそういった。

わたしは小田くんと一緒に二階に上がると、本集めを手伝った。あまりなじみのない分野だったので、さがすのに少し時間がかかったけど、それでも十五分ほどでメモにのっていた三冊の本をそろえることが出来た。

「お姉ちゃん、ありがとう」

貸し出し手続きをすませて、駐車場へと急ぐ小田くんとロビーで別れると、わたしはそのまま自動ドアのガラス越しに外を眺めた。

図書館の外では、また雪が降り出したらしく、まだお昼前だというのに、まるで夕方のように薄暗かった。山奥のお寺に取材にいったお母さんが、ちょっと心配になってくる。

わたしは借りていた本を返却すると、空っぽになったリュックをぶら下げながら、本棚の探索を開始した。

こんな日はやっぱり、タイトルに「雪」の入った本が目にとまる。わたしは『スノーウーマン』という大判の絵本を手にとると、窓際の椅子に座って、さっそく読み始めた。

『スノーウーマン』は、まだ幼い息子を残して、若くして病気で亡くなったお母さんが、甘えん坊の息子を見守るために、一週間だけ雪だるまとして生まれ変わることが許される、というストーリーで、夫と息子に見送られながら天国へと帰っていくラストシーンでは、図書館にいることも忘れて思わず泣いてしまった。

涙をふきながら絵本を閉じて、窓の外に目を向けると、雪はいっそうひどくなっていた。これでは危なくて、しばらく帰れそうにない。わたしはじっくりと本を選ぶことにきめて、椅子から立ち上がった。

次に手にとった『百年に一度の雪』は、孤高の宇宙民俗学者がいろんな星の生活や風習を調査してまわるSFシリーズの最新作で、今回は自転と公転の関係で、百年に一度しか冬が訪れない星が舞台になっているらしい。『雪の海を泳ぐ鳥』は、一見ファンタジーのようなタイトルだけど、実は孤島の洋館を舞台にした本格ミステリーで、雪の積もった野原の真ん中で突然プツリと消えてしまった足跡の謎に、中学生の男の子と、その男の子にとりついているミステリマニアの背後霊が挑む。

　その二冊に加えて、わたしはさらに雪と氷に閉ざされた架空の国を舞台にした歴史ファンタジー『雪の女王』と、卒業を前にした中学生が冬の間だけバンドを組むことになる青春音楽ものの『スノーホワイト』を選ぶと、貸し出し手続きをすませてから、ふたたびロビーに足を向けた。

　ロビーではちょうど、美弥子さんがお知らせ掲示板に「おはなしの会」のポスターを貼っているところだった。美弥子さんはわたしに気づくと、腰に手をあてて、

「やっぱり雪がないとさびしいわね」

　ツリーを見ながらため息をついた。もちろん、雪のないツリーもそれはそれできれいなんだけど、外では本物の雪がこれでもかっていうくらい降り続いているので、たしかに少し物足りなく思えてしまう。

　ちなみに「おはなしの会」のポスターによると、新年第一回目の読み聞かせは『もういくつねると……』というお正月らしいタイトルの絵本だった。タイトルから、てっきり日本人の作品だとばかり思っていたわたしは、作者の名前を見て「あれ？」と声を上げた。作者の名前がカタカナの、いかにも外国の人っぽい名前だったからだ。

　わたしがポスターを読みなおしていると、

「おばさんは、今日もお仕事？」

　おとしものコーナーのホワイトボードに〈くまのぬいぐるみ　身長三十五センチ　体重

九百五十グラム　よそいきの服を着ています〉と書き込みながら、美弥子さんが聞いてきた。

「うん。朝から取材だって」

もしかしたら、今日中には帰ってこられないかも――自動ドアの向こうで勢いを増す雪を見つめながら、わたしは心の中でつけ加えた。

「だったら、ちょっと早いけど、らんぷ亭でお昼御飯にしましょうか」

「うん！」

静まり返ったロビーの中に、わたしの返事が思いがけず大きく響いて、わたしは慌てて口を押さえた。


「うわー、すごい雪」

自動ドアを出たところで、美弥子さんは足を止めて感嘆《かんたん》の声を上げた。

わたしも一瞬寒さを忘れて、目の前の光景に心を奪われた。

バケツを引っくり返したような雨、という表現があるけど、いま目の前にひろがっているのは、まさにバケツを引っくり返したような雪だった。次から次へと降り続く雪を見上げていると、雪が降ってくるというよりも、なんだかまるで、自分の体の方が空に向かって吸い上げられていくような気分になってくる。

わたしたちはうなずき合うと、すぐ目の前のらんぷ亭を目ざして、せーので同時に駆け出した。

ほんの数秒の間に、頭や肩にうっすらと積もった雪をはたき落としてから店内に入ると、

「いらっしゃいませ」

マスターのあたたかい笑顔が、わたしたちを迎えてくれた。

この天気だったら、らんぷ亭も空《す》いてるかなと思ったんだけど、意外にも半分近くの席が埋《う》まっていた。

どこに座ろうかと店内を見回していると、カウンター席のお客さんが、わたしたちに気づいて頭を下げた。

「あ、白石さん」

わたしが白石さんのそばに駆け寄って、隣りに座ると、

「いま、マスターと昔話をしていたんですよ」

白石さんはティーカップを手に微笑んだ。

「昔話？」

わたしが聞き返すと、白石さんはおっとりとうなずいて、

「らんぷ亭が、本当にランプ屋さんだった頃のお話をしていたんです」

「あら、どんなお話なんですか？」

　わたしの隣りに腰かけた美弥子さんが、マスターの方に身を乗り出して興味深そうにたずねると、

「実は、お話をうかがっていたのは、わたしの方なんですよ」

　マスターは、コップをみがきながら苦笑いを浮かべた。

「白石さんは、まだわたしが生まれる前――祖父が現役だった頃のらんぷ亭に来られたことがあるそうなんです」

　そういえば、白石さんはたしか、小さい頃に一度だけ、まだ実際にランプを売っていた頃のらんぷ亭を訪れたことがあると話していた。わたしと美弥子さんの視線を受けて、白石さんは静かに口を開いた。

「わたしがマスターのおじいさまに助けていただいたのも、今日みたいな、こんな雪の日でした――」

　白石さんが語り始めたところで、よろしければ、とマスターにすすめられて、わたしたちは前と同じ窓際のテーブル席に移動した。わたしと美弥子さんがランチセットを注文するのを待って、白石さんは窓の外にひろがる雪のカーテンを眺めながら、話を再開した。

「あの日も、この街にしては珍しく、大雪の降った日でした。わたしは一人でお使いにいった帰りで、突然の雪にはしゃいでいるうちに、道に迷ってしまったんです。

子どものお使いですから、そんなに遅い時間ではなかったと思いますが、厚い雲にさえぎられ、あたりはまるで夜のような暗さでした。降りしきる雪に、人通りもほとんどなく、心細くなったわたしが泣きながら歩いていると、遠くの方にぼんやりと灯りが見えてきたんです。

わたしは吸い込まれるように、その灯りの方へと近づいていきました。そこでわたしが目にしたものは、大きな大きなランプだったんです」

当時のらんぷ亭は、お店の前に大きなランプを置いて、それを看板代わりにしていたらしい。わたしは店内を見回した。お店の中には、いまでも昔ながらのランプが、あちこちに飾られている。わたしはその中のひとつが、すごく大きくなって、お店の前に飾られているところを想像した。

しんしんと降り続く雪を背景に、白石さんの話は続く。

「薄暗い、雪に閉ざされた世界の中で、らんぷ亭だけが明るく、暖かそうに輝いていました。わたしが泣きながら、お店の中に飛び込むと――」

店内には、様々な形をしたランプが数え切れないほど並んでいて、まるで光の国だったそうだ。

「わたしは寒かったことも心細かったことも忘れて、ただただその幻想的な光景にみとれていました。どれだけの時間、そうしていたのかはわかりません。気がつくと、いつのまにか店の奥から、ひげをはやした男の人が顔をのぞかせて、戸惑った様子でわたしの方を見ていたんです」

それが、当時のらんぷ亭のご主人——つまり、マスターのおじいさんだった。

ご主人を見て気が緩んだ白石さんは、突然火がついたように泣き出した。その様子に、慌てて店の奥から出てきたご主人は、おろおろしながらも、いろんなランプを次から次へと取り出しては、白石さんに見せてくれたのだそうだ。

「いまから思えば、あれは一生懸命わたしのことを泣きやませようとしてくれてたんでしょうね」

白石さんはくすくす笑いながら、壁にかかっているランプを見上げて、懐かしそうに目を細めた。そして、わたしたちの方に身を乗り出すと、カウンターの中でコーヒーをいれているマスターにチラッと目をやって、

「この店に入って、初めてマスターを見た時は、本当にびっくりしたわ。だって、おじいさまにそっくりなんですもの」

小声でこっそり教えてくれた。

その時、店の外で車のクラクションが、短く三回、続けて鳴った。

「あら、来たみたい」

白石さんが窓の外を見て立ち上がる。息子さんが、車で迎えに来てくれたらしい。

白石さんが帰ってしまうと、入れ替わりにマスターが、ランチセットを運んできてくれた。美弥子さんがかぶとベーコンのクリームスパゲティで、わたしが豆乳のカルボナーラ。なんだか今日は白一色だ。

ランチを食べながら、わたしたちの話題は自然に消えた雪の謎へと戻っていった。

美弥子さんの話によると、ツリーに綿の雪を降らせたのは、いまから二週間ほど前のことだったらしい。

「あの雪って、テープか何かで止めてたの？」

わたしが聞くと、美弥子さんはフォークにスパゲティを巻きつけながら首を振った。

「テープだと、外す時に綿がちぎれたりするから、針金を巻いて止めてたのよ」

「そうなの？　全然気がつかなかった」

わたしはびっくりしていった。

「目立たないように、白くて細い針金を使ってたからね」

美弥子さんは、ちょっと得意そうに笑った。

ところが、さっき天野さんもいっていたとおり、金曜日の夕方に子どもがぶつかってツリーを倒してしまったのだ。

「クリスマスが近いから、出来るだけ早いうちに直してしまいたかったの。それで、どうしましょうか、って天野さんと相談してたら、それを聞いた絵本講座の受講生の方たちが、お手伝いしますっておっしゃってくださって……」

「絵本講座？」

「うん。昨日は『絵本をつくろう』の日だったの」

美弥子さんがセットのサラダをフォークで突《つつ》きながらいった。

『絵本をつくろう』というのは、自分の手で絵本をつくってみたい人たちのために図書館が無料で開いている公開講座のことで、図書館の職員さんが交代で講師をつとめている。昨日のテーマが、ちょうど天野さんが講師の『仕掛け絵本を作ろう』だったので、のりやはさみなどの文具類がそろっていたこともラッキーだったと美弥子さんは笑った。

講座が終わってからみんなで協力して、雪をのせたり、新たな飾りをいくつか加えたりして飾り付けを完成させ、掲示板のそばに設置したのが昨日の閉館間際のことだった。

「あの場所って、図書館の奥からはちょうど死角になるのよね」

美弥子さんは苦笑いを浮かべながらいった。

「だから、早目に教えてくれてよかったわ。床があんなにぬれてたら、滑って危ないもの」

ちなみに、美弥子さんが聞いて回ったところによると、開館してすぐの時間帯に、玉木さんがツリーに何の異常もないことを確認していた。ということは、雪が消えたのは、開館してから小田くんが発見するまでの約三、四十分の間ということになる。

「針金は、風で飛ばないようにごく軽く巻いてただけだったから、外すだけなら、一人でやっても十分もかからないいんじゃないかしら」

「綿の雪の代わりに、本物の雪をツリーの葉の上にのせようとしたのかな」

「そうねえ……」

美弥子さんは眉間にしわを寄せた。

「溶け残りの雪は、ツリーをぐるっと囲んでたわけじゃなくて、一箇所に固まってたから、本物の雪をツリーにまんべんなくのせたってわけじゃなさそうね。まあ、雪ってけっこう重いから、もし葉の上にのせたとしてもすぐに落ちちゃうだろうけど……」

「だけど、どうしてそんなことを……」

わたしはカルボナーラを巻き取りながら呟いた。犯人がわからないことよりも、目的がわからないことの方が、気持ちが悪かった。

美弥子さんはわからないというように首を振ると、長いため息をついて窓の外に目を向けた。わたしたちが話をしている間にも、窓の向こうでは本物の雪が途切れることなく降り続いている。その雪を眺めながら、

「お母さん、大丈夫かな……」

わたしがぽつりと呟くと、美弥子さんがそれを耳にして、

「おばさん、今日はどこまで取材にいってるの？」

と聞いた。

「緑林寺」

わたしの答えに、美弥子さんは口に運びかけていたフォークを途中で止めた。

「緑林寺って、もしかして雲峰山の？」

わたしがうなずくと、美弥子さんはもう一度、降りしきる雪に目をやってから、わたしの方に向き直って、

「もし、おばさんが雪に閉じ込められて、帰ってこられなくなっちゃったら、うちにいらっしゃい」

真剣な顔で、お母さんと同じようなことをいった。

「もっとも、わたしたちが図書館に閉じ込められなかったらの話だけどね」

「もしそうなったら、図書館に泊めてもらおうかな」

わたしの冗談に、美弥子さんは意外にもあっさりと「いいわよ」とうなずいた。

「え？　いいの？」

わたしが身を乗り出すと、美弥子さんは「もし本当に帰れなくなったらね」と笑った。

「美弥子さんは、帰れなくなって図書館に泊まったことってあるの？」

「わたしはないけど、天野さんは二、三回あるみたいよ」

「ほんと？」

「うん。なんでも、本の補修に夢中になって、気がついたら朝になってたんですって」

天野さんらしいな、と笑いながら、わたしはふと、さっきの意味ありげな会話を思い出した。

「天野さんって、そんなに忙しいの？」

わたしの問いに、美弥子さんは「え？」という顔をしてから、すぐに「ああ」と声を上げて、

「今年のクリスマスイブは、どうしてもお休みをとりたいから、たまった仕事をいまのうちに片付けてしまいたいんですって」

「どうしても」にアクセントを置いてそういうと、肩をすくめてくすりと笑った。

「へーえ」

それを聞いて、わたしもなんだか嬉しくなってきた。

クリスマスは年末年始の休館が近いし、イベントも多いので、図書館にとっては忙しい時期だ。そこにあえて休みをとろうというのだから、それはつまり、今年のクリスマスイブには何か特別な予定があるということなのだろう。

食事を終えて、食後のお茶——美弥子さんはアプリコットティー、わたしは生クリームのたっぷりのったホットココア——が運ばれてくると、わたしはさっきの絵本について聞いてみることにした。

「ねえ、美弥子さん。『もういくつねると……』って、どんなお話なの？」

「ああ、あれはね……」

美弥子さんは、ティースプーンでカップをゆっくりとかき回しながら、絵本のあらすじを話し出した。

わたしたちは、お正月が来れば自然に年が明けると思ってるけど、実は年が明けるためには、新年の神様と大晦日《おおみそか》の神様が交代の儀式をしないといけないのだそうだ。ところが、ある年のこと。新年の神様が病気になってしまい、大晦日を何回繰り返しても、年が明けなくなってしまった。その病気というのが、実は恋わずらいで……というお話らしい。

「それって、外国の絵本なの？」

もしかしたら、外国の人みたいなペンネームをつけた、日本の作家さんなのかな、と思ったんだけど、

「そうよ。イギリスの絵本作家さん」

美弥子さんはあっさりとそう答えた。

「でも、あのタイトル……」

「ああ、あれね」と美弥子さんは笑って、

「あれは、日本語に翻訳した人がつけたタイトルで、元のタイトルは全然違うのよ」

美弥子さんは、いつも持ち歩いている四色ボールペンの緑色で、お店の紙ナプキンにす

らすらと「Everlasting the last day of a year」と書いた。

「この『the last day of a year』っていうのが、『一年の最後の日』――つまり、大晦日っていう意味ね。その前の『Everlasting』が『いつまでも続く』だから、直訳すると、『いつまでも続く大晦日』っていう意味になるの。それを、翻訳家さんが『もういくつねると……』っていうタイトルにしたのよ」

わたしは二つのタイトルを、頭の中の本棚に並べてみた。『いつまでも続く大晦日』より『もういくつねると……』の方が、手にとりたくなりそうなタイトルだけど、どちらが本当にふさわしいかは、中身を読んでみないとわからない。

「その本、貸し出ししてるの？」

「うん、してるけど……」

美弥子さんは、ちょっと考えるような仕草を見せると、

「しおりちゃん、昼からもまだしばらく図書館にいるわよね？」

と聞いてきた。

「そのつもりだけど……どうして？」

今日みたいな日は、家に帰ってもきっと部屋にこもって本を読むだけだから、図書館で読んでも同じことだった。むしろ、たくさんの本に囲まれている分、こっちの方が幸せなくらいだ。

「だったら、おはなしの会でわたしが読むためにキープしてる分が一冊あるから、もし今日中に図書館の中で読んでしまえるなら、後で貸してあげるわよ」

わたしはもちろんうなずいた。美弥子さんは嬉しそうにうなずき返してから、ふと、何か考え込むような視線を窓の外——図書館の建物の方に向けた。

「どうしたの?」

わたしが声をかけると、美弥子さんはハッとわたしの方を見て、

「うん。ちょっと……ね」

意味ありげに微笑むと、そっと目を伏《ふ》せて、ティーカップを口元に運んだ。


図書館に戻ると、わたしはさっそく美弥子さんから『もういくつねると……』を借りて読み始めた。そして、『いつまでも続く大晦日』より、こっちのタイトルの方が断然いいと思った。タイトルって、ほんとに不思議なもので、文字数だけでいえば本文の何万分の一しかないのに、タイトルが良ければその本の魅力が何割もアップするし、反対にタイトルがいまいちだと、せっかく中身が面白くても、手にとってすらもらえないこともある。

それにしても、新年の神様の恋わずらいの相手が、まさかあの人だったとは……それでは年も明けないわけだ。

わたしは絵本を美弥子さんに返すと、今度はさっき借りたばかりの本をリュックから取り出した。わたしが座っている椅子からは、雪で真っ白に染まった裏庭が見える。いつも裏庭の木の根元でひなたぼっこをしている猫は、こんな日はどうしているんだろう——そんなことを考えながら、わたしが『百年に一度の雪』を開こうとした時、

「茅野さん」

突然甲高い声をかけられて、わたしは飛び上がりそうになった。顔を上げると、鮮やかなレモン色のコートを着た女の人が、手を振りながらこちらに近づいてくるところだった。

「溝口さん」

わたしが目を丸くして立ち上がると、

「すごい雪ねえ……家を出た時は、そんなに降ってなかったのに。電車、止まってないかしら」

溝口さんが、相変わらずのペースで話しかけてきた。

「多分、まだ大丈夫だと思いますけど……」

生返事をかえしながら、わたしは溝口さんの後ろからちょこんと顔をのぞかせている、ジーンズ姿のすらりとした女の子に目を奪われていた。女の子が、わたしに向かってペコリと頭を下げたので、わたしもお辞儀をかえしてから、溝口さんに問いかけの視線を向ける。

くれた。


「あの……」

「あ、そうそう」

溝口さんは、女の子の肩に手を回して自分の前に押し出すと、ようやく彼女を紹介してくれた。

「この子が、前に話してた葉月ちゃんよ。葉月ちゃん、こちらが茅野しおりさん」

「初めまして。酒井《さかい》葉月です」

葉月さんは両手を膝の前でそろえて、丁寧に頭を下げた。

「この間は、どうもありがとうございました」

「あ、いや、わたしは別に……」

わたしは慌てて顔の前で手を振った。

「それより、足の怪我はもういいんですか？」

「はい」

葉月さんはおっとりと微笑んだ。たしか六年生だったはずだけど、一つ年下のわたしから見ても、かわいい感じの人だった。

「わたしが『一度、茅野さんに会ってお礼をいいたい』っていったら、おばさんが『図書館にいったら、多分会えるわよ』って教えてくれたんです。だけど……」

葉月さんが、突然くすくすと笑い出した。

「まさか、こんな天気の日に会えるとは思ってませんでした」

わたしは、ちょっと恥ずかしくなって首をすくめた。だけど、葉月さんは本気で感心した様子で、

「本当に図書館が好きなんですね」

「はい」

わたしはきっぱりとうなずくと、前から葉月さんに聞いてみたかったことを口にした。

「あの……感想文を書くこつって、なんですか？」

「こつ……ですか？」

葉月さんは目をぱちぱちさせると、「うーん」とうなって難しい顔で首をかしげた。

「なんだろう……わたしの場合は、思ったことを思った通りに書いてるだけだから……」

「でも……」

溝口さんの話によると、葉月さんはいままでに何回も感想文コンクールに入賞しているらしい。わたしがそのことをいうと、

「それは多分、ほかの人よりもたくさんの時間をかけてるからじゃないかしら」

溝口さんが、後ろから葉月さんの肩に両手を置いていった。

「だって、葉月ちゃん、ひとつの感想文を書くのに一ヶ月くらいかけてるでしょ？」

「一ヶ月？」

わたしがびっくりして大きな声を上げると、葉月さんは照れ笑いを浮かべておっとりと首を振った。

「一ヶ月っていっても、一ヶ月間、毎日書いてるわけじゃないですよ。一回書いたら、お母さんとかおばさんとか友だちに読んでもらって、面白いと思ったところやわかりにくかったところを聞いてから、また書き直して――そんなことを繰り返してたら、大体一ヶ月くらいかかっちゃうんです」

「どうしてそんなに何回も書けるんですか？」

一回書くだけで息切れしてしまうわたしが、信じられない思いで聞くと、

「それは多分、しおりさんが図書館に何回も来るのと同じ理由だと思いますよ」

葉月さんはにっこり笑って、そう答えた。

「わたしは、感想文を書くのが好きなんです。面白い本を読んだ時は、そのことを誰かに伝えたくなるし、その本を読んだ時に感じた気持ちが、自分の言葉できれいに表現できた時なんかは、最高に気持ちいいし……だから、わたしは逆に、どうしてみんなが感想文を書きたがらないのかが不思議なの」

話しているうちにテンションが上がってきたのか、葉月さんは両手を握りしめて力説した。

わたしは感想文を書くのは苦手だけど、おとなしそうに見える葉月さんが、感想文のこ

とになると熱く語り出す様子を見ていると、本に「はまる」気持ちは一緒だな、と嬉しくなった。

　これから雲峰に住んでいる親戚のところにいくという二人と別れると、わたしはリュックを背負って三階に上がった。受験シーズンが近いせいか、自習室は勉強している人たちでいっぱいだ。

　自習室と談話室の間には短い廊下があって、その突き当たりには大きな窓がある。わたしはその窓から、外の景色を見下ろした。

　相変わらず、絶え間なく降り続く雪の底で、街はまるでお芝居の背景みたいに、ひっそりと息を殺している。そんな風景を眺めながら、わたしはふと、奇妙な感覚にとらわれた。

　いま目にしている雪景色は、さっきまでの雪景色と一見同じもののように見えるけど、実際には古い雪はどんどん溶けていって、その上から新しい雪が次々と積もっていく——つまり、同じように見えていても、実はさっきまでとはまったく別の雪を見ているのだ。

　もうすぐ、一年が終わる。

　この一年間、いろんな出来事があった。楽しいこともあったし、悲しいこともあった。たくさんの本を読んだし、いろんな人と出会った。それらはみんな覚えているし、その時に感じた気持ちは、いまも胸の中に残っている。

　だけど、そんな気持ちもいつかは雪と同じように、次から次へと積み重なって、古い気持ちは少しずつ埋もれ、溶けていってしまうのだろうか……。

そんなことを考えながら、ぼんやりと雪景色を眺めていると、突然談話室のドアが開いて、美弥子さんが顔を出した。

「あら、しおりちゃん」

美弥子さんは、わたしがいたことによほど驚いたのか、珍しく大きな声を上げた。

「どうしたの？　こんなところで」

「うん、ちょっとね……」

わたしは、休憩がてらこの窓からの景色を見に来たのだと説明した。

「そう……偶然ね」

美弥子さんは、背後のドアを少し気にしながらいった。

「偶然？」

「うん。実はね……」

美弥子さんが口を開きかけた時、談話室のドアが開いて、中から二人の男の人が姿を現した。一人は、わたしもよく知っている雲峰図書館の館長さん。そして、もう一人は——

「おや、しおりちゃん」

思いがけない人物の登場に、わたしが口をポカンと開けたまま固まっていると、館長さんがわたしに気づいて、その人物を紹介してくれた。

「しおりちゃんも、講演会に来てくれてたから知ってるよね。こちら、作家の関根要さん」

関根さんも、わたしの姿に一瞬目を大きく見開いたけど、すぐに穏やかな笑みを浮かべて、落ち着いた声でいった。

「こんにちは」

その声に我に返ったわたしは、慌てて頭を下げた。

「こんにちは」

あんまり急いだので、頭がブンと音を立てて風を切る。その勢いに、館長さんと関根さんが声を立てて笑った。

関根要さんは、この秋に開かれた図書館祭りで講演会をしてくれた、今年でデビュー十年目になる作家さんだ。

そして——十年前に離婚した、わたしのお父さんでもある。

そのことをわたしは、講演会の時に知った。講演会は、関根さんがこの街の出身ということで、館長さんが偶然依頼したらしいんだけど、それを知った美弥子さんが、わたしを講演会に誘ってくれたのだ。

関根さんと顔を合わせるのは、その講演会の時以来だった。予想もしていなかった二度目の対面に、わたしが緊張のあまり何もいえないでいると、館長さんが腕時計に目をやって「おっと」とすっとんきょうな声を上げた。

「申し訳ないんですけど、いまから空知市の図書館までいかないといけないんです。後のことは、早野くんと打ち合わせしておいてもらえますか？」

本当に申し訳なさそうに手を合わせる館長さんに、関根さんは「わかりました」と笑ってうなずいた。

「それじゃあ、よろしくお願いします」

何度も頭を下げながら、足早に階段を下りていく館長さんの後ろ姿を見送ると、美弥子さんはふーっと体中の息を吐き出した。

「……あー、びっくりした」

「それは僕の台詞だよ」

関根さんが苦笑する。わたしも負けずに声を上げた。

「わたしもびっくりした」

わたしたちは、顔を見合わせて笑った。

笑ったおかげで少し緊張が解けたわたしは、美弥子さんを見上げて、

「打ち合わせってなあに？」

と聞いた。美弥子さんは、関根さんの顔にちらっと目をやると、

「実は、図書館だよりの新年号に、この間の講演会を文章にしたものを載せることになっ

たの」

「ほんと？」

わたしは飛び上がってよろこんだ。美弥子さんは「ええ」とうなずいて、

「もちろん、あんまり個人的な部分はカットするけどね。今日は、その原稿の中身をチェックするために来ていただいたんだけど、せっかくだから、その号で関根先生のいままでの作品を特集しましょうっていう話になったのよ。その打ち合わせが、まだ残ってるの」

関根さんは、なんだかくすぐったそうな顔で美弥子さんの話を聞いている。

「ねえねえ……」

わたしは美弥子さんのエプロンのすそを引っ張ると、少し背のびをして美弥子さんの耳元でささやいた。

「今日のことって……」

それだけで、わたしの聞きたいことが伝わったのだろう。美弥子さんは苦いものでも飲み込んだような表情を浮かべて、わたしに小さく首を振った。

「おばさんには連絡してないの。隠すつもりじゃなかったんだけど、今日のことは、ほんとに急にきまったから……」

「僕のスケジュールが、直前まではっきりしなかったんだよ」

関根さんが、美弥子さんをかばうように、横から口をはさんだ。もしスケジュールが合わなければ、原稿を郵便で送って目を通してもらう予定になっていたらしい。

美弥子さんは小さくため息をついて、

「さっきもらんぷ亭でお昼を食べながら、関根さんが来ることをしおりちゃんに話そうかどうしようか、ずっと迷ってたの。だけど、おばさんにもいってないし……」

「え？　らんぷ亭？」

関根さんが、おや？　という表情で口をはさんだ。

「あ、はい。さっき、しおりちゃんとランチを食べてたんですけど……」

美弥子さんが答えると、関根さんは笑顔になって、

「へーえ、懐かしいな。昔、図書館の帰りによく寄ってたんだ。マスターは元気？」

「ええ、お元気ですよ」

美弥子さんは勢いよくうなずいた。そして、

「もしよろしかったら、この後の打ち合わせもらんぷ亭で――」

美弥子さんがそこまでいいかけた時、階段を駆け上がってくる足音とともに、エプロン姿の天野さんが姿を現した。

「あ、お話し中にすいません」

天野さんは、関根さんに気づくと慌てて頭を下げてから、美弥子さんに向かって両手を

合わせた。

「早野さん、悪いんだけど、ツリーの雪用の綿を買いにいってもらえないかな？」

「いまからですか？」

「うん。いつもの手芸屋さんが、今日に限って三時で閉店しちゃうみたいなんだ。ほんとは僕がいくつもりだったんだけど、ちょっと急ぎのレファレンスが重なっちゃって……」

「はあ、いいですけど……」

天野さんの勢いに、美弥子さんがためらいがちにうなずくと、天野さんは館長さんと同じように、頭を何度も下げながら慌《あわ》ただしく階段を下りていった。

「ツリーの雪が、どうかしたの？」

天野さんの姿が見えなくなると、関根さんが美弥子さんに聞いた。

「実は……」

美弥子さんは、今朝の出来事を関根さんに簡単に説明した。関根さんは「そうか。なんとなくさびしいと思ったら、雪がなかったんだ」とうなずくと、

「僕の方は気にしなくていいから、先に買い物にいっておいでよ」

笑顔で美弥子さんにそういった。

「でも……」

美弥子さんは、少しの間眉をハの字にして考えていたけど、やがて「そうだ」と声を上

げると、わたしたちの顔を見比べて、

「よろしかったら、しおりちゃんと一緒に、らんぷ亭で待っててもらえませんか？」

いたずらっぽい笑みを浮かべながら、そういった。そして、突然の提案にわたしと関根さんが言葉を失っていると、

「多分、三十分ぐらいで戻れると思うので、よろしくお願いします。しおりちゃん、わたしの代理、お願いね」

早口でそれだけをいい残して、深々と頭を下げ、わたしたちの返事も待たずに階段を駆け下りていった。

その後ろ姿を、わたしはあっけにとられて見送った。

図書館祭りの時に、関根さんのことをお父さんとは知らずに——向こうは知ってたみたいだけど——少しだけ言葉を交わしたことはあったけど、ちゃんと向かい合って話をするのは、これが初めてなのだ。

突然の展開に、わたしがどうすればいいのかわからずおろおろしていると、

「まるで『三つのお願い』だな」

関根さんが、ぽつりと呟いた。

「え？」

わたしが顔を上げると、関根さんはわたしの方を向いてにやりと笑った。

「ほら、館長さん、天野くん、美弥子……三人とも、頼みごとをして去っていっただろ？」

「ああ」

わたしはポンと手を打った。『三つのお願い』というのは、三匹の子豚がお願いごとをしては去っていくという内容の絵本のことだ。

絵本では、いばりん坊の子豚はいばりながら、せっかちな子豚は慌てながら、そして気の弱い子豚は、何度も頭を下げながら丁寧にお願いをして去っていく。図書館の三人は、みんな丁寧なお願いだったけど、順番にお願いをしては去っていくところがたしかにそっくりだ。なんだかおかしくなってきて、くすりと笑うわたしに、

「それじゃあ、お茶でも飲みにいこうか」

関根さんが自然な笑顔でそういったので、わたしも自然にうなずいた。

さっきお店を出たばかりのわたしが、またすぐに戻ってきたのを見ても、いつもと変わらない笑顔で「いらっしゃい」と迎えてくれたマスターだったけど、わたしの後から関根さんが入ってくるのを見ると、さすがに驚いたらしい。グラスをみがく手を止めて、言葉を失った様子でぽかんと口を開けた。

ランチタイムを過ぎたせいか、お店はほとんど貸し切り状態だった。わたしたちが、さっきと同じ窓際の席に向かい合って腰を下ろすと、

「いらっしゃいませ」

お水を運んできたマスターが、関根さんに声をかけた。

「おひさしぶりですね」

「すっかりご無沙汰してしまって……」

立ち上がって礼を返す関根さんに、

「ご活躍は、いつも拝見していますよ」

マスターはそういって、本当に嬉しそうに微笑んだ。そして、わたしの注文を聞くと、

「僕は……」といいかける関根さんを制して、

「キリマンジャロでよろしいですか？」

と聞いた。関根さんは一瞬目を見張ると、すぐに目を細めて「はい」とうなずいた。

「覚えていてくださったんですね」

「もちろんです」

マスターは一礼して、カウンターの中に戻っていった。

二人きりになると、わたしは椅子に座りなおして大きく深呼吸してから、あらためて自己紹介をした。

「茅野しおり、小学五年生です」

「関根要、小説家です」

関根さんも、わたしの真似をして自己紹介をすると、

「そうか、五年生か……」

わたしの顔をまっすぐに見つめて、目をしばたかせた。そして、

「会うとわかってたら、もう少しましな格好をしてくるんだったな」

苦笑いを浮かべて、頭をかいた。ちなみに今日の関根さんは、講演会の時のようなスーツ姿ではなく、濃いグレーのセーターにベージュのズボンというラフな服装だ。

「あの……」

わたしは、もし関根さんに会うことができたら伝えようと思っていたことを、思い切って口にした。

「『鉛筆書きの素描《デッサン》』、読みました。わたしにはちょっと難しかったけど……でも、面白かったです」

関根さんは、まさかわたしが自分のデビュー作を読んでいるとは思わなかったのだろう、びっくりしたように目を丸くすると、すぐに笑い声を上げた。

「そんなに気を使わなくてもいいよ――でも、読んでくれてありがとう。本が好きなんだね」

「はい」

わたしは力強くうなずいて、それからすぐにつけ加えた。

「本と、図書館が好きです」

「たくさん本があるから？」

「それもあるけど……図書館では、いろんなことが起こるから」

「へーえ……たとえばどんなこと？」

関根さんは目を輝かせて身を乗り出した。

わたしは、この一年間に図書館で経験したいろいろな出来事を、頭の中に思い浮かべた。

高学年向けの本を「わたしの本」と主張する三歳の女の子や、長い長い旅路の末に、ようやく図書館に帰ってきた本のこと——ブックポストが水浸しになっていたこともあったし、図書館から消えた本の行方を、安川くんと一緒にさがしたこともある。

そして、関根さんと——お父さんと十年ぶりに再会したのも、やっぱり図書館だった。

秋になってからも、図書館にしかけられたドッグフードの謎を追いかけたり、季節はずれの課題図書や、何十年も昔の幻の本をさがしたこともあった。そして、ほんの数日前に体験したばかりの、ある絵本にまつわるちょっとした奇跡——

全部話してたら、一日かかっても終わらないと思ったので、わたしはその中から、二ヶ月ほど前に起きたドッグフード事件について話すことにした。

関根さんは、ちょうどマスターが運んできてくれたコーヒーを時折口にしながら、わたしの話をすごく熱心に聞いてくれた。そして、わたしが話し終えてからも、しばらく腕を組んで何か考えている様子だったけど、やがて腕をほどくと、わたしの方にぐいっと顔を近づけて、いたずらっぽい笑みを浮かべながらさらりといった。

「もしかして、その小田くんっていう男の子には、もうすぐ弟か妹が出来るんじゃない？」

「――――！」

本当に驚いたときには、声も出ないものだ。わたしはもう少しで、手にしていたカップを落とすところだった。

確かに、小田くんのお母さんのお腹には赤ちゃんがいる。わたしがそのことを知ったのは、今朝、小田くんが持っていたメモを見た時だった。そこには、『幸せをよぶ赤ちゃんの名前』や『ふたりでさがすビューティフル・ネーム』といった、赤ちゃんの名前を考えるための本のタイトルが並んでいたのだ。今日も、本当はお母さんが自分で本をさがしに来る予定だったんだけど、雪で滑って転んだりしたら大変だからということで、代わりに小田くんが借りに来ることになったらしい。その小田くんも、自分に弟か妹が生まれるということを聞かされたのは、つい二週間ほど前のことだったといっていた。

それなのに、二ヶ月前の話を聞いただけの関根さんに、どうしてそのことがわかってしまうのだろう――

わたしが絶句して、関根さんの顔をまじまじと見つめていると、

「ごめんごめん……当てずっぽうのつもりだったんだけど、本当に当たってたみたいだね」

関根さんは照れ笑いのような表情を浮かべて、頭に手をやった。

「――どうしてわかったんですか？」

わたしはようやく、それだけを口にした。

関根さんは首をかしげて「どうしてかな……」と呟くと、

「確信があったわけじゃないんだけど……話を聞いていて、ちょっとだけ不思議に思うことがあったんだ」

テーブルの上で手を組んで、自分の思考の跡をなぞるように、淡々とした口調で話し出した。

「家の中で子犬を飼えば、家の中のものが噛まれることぐらい、はじめから予想できるだろ？　その子犬がお母さんの実家で生まれたっていうことは、実家ではもともと犬を飼ってたわけだから、お母さんがそういう犬の習性をまったく知らなかったとは考えにくいしね。そのお母さんが、一度はバロンを飼ってもいいといっておきながら、急に態度を変えたっていうことは、もしかしたらお母さんの方に、何か犬を飼えなくなるような事情がで

きたんじゃないかなと思ったんだよ」

「それだけで、小田くんのお母さんが妊娠してるってわかったんですか？」

わたしが呆れながらいうと、関根さんは少しためらうような様子を見せながら、

「それと、靴の話が気になったんだ」

と続けた。

「靴の話？」

「ほら、お母さんが大事にしてる靴が噛まれた、っていう話があっただろ？」

そういえば、そんな話をした覚えがある。わたしがうなずくと、関根さんはコーヒーを一口すすって、

「犬を飼っている家では、犬に噛まれないように、靴を靴箱に入れたり、犬が届かない靴箱の上に置いたりすることが多いんだ。それなのに、すごく大事にしてる靴を噛まれたっていうことは、もしかしたら、わざと噛まれるようなところに置いてたんじゃないかと思ったんだよ」

「それって、バロンを追い出すために、わざと靴を噛ませたっていうことですか？」

思わず言葉がとがる。もしそれが本当なら、ちょっとひどいと思った。小田くんは、バロンがお母さんの大切な靴を噛んでしまったことで、すごく悩んでいたのだから。

「まあ、考えすぎかもしれないけどね……。わざと噛ませたというよりは、噛まれてもか

まわない、ぐらいの気持ちだったのかもしれないな」

「赤ちゃんが生まれたら、犬って飼えないんですか」

「うーん……飼えないわけじゃないけど、妊娠すると、不安になるみたいだね」

関根さんは、わずかに眉根を寄せながらいった。

「僕も女性の編集者さんに、知り合いから子犬をもらってくれないかって頼まれたけど、子どもがお腹の中にいることがわかったので断った、っていう話を聞いたことがあるよ。彼女の場合、断った理由は二つあって、ひとつは生まれたばかりの赤ちゃんと子犬を両方同時に育てる自信がなかったということ。それからもうひとつは、もしかしたら赤ちゃんが子犬に嚙まれたり、怖がったりするんじゃないかという不安があったからだそうなんだ」

「でも……」と、わたしは唇をとがらせた。

「だったら小田くんのお母さんも、はじめからそういえば良かったのに……」

「まあ、そうなんだけどね」

関根さんは、わたしをなだめるように微笑んだ。

「多分、お母さんは、できれば赤ちゃんが生まれること以外の理由で、犬を遠ざけたかったんじゃないかな」

「どうして?」

「だって、正直にいっちゃうと、なんだか赤ちゃんが犬を追い出すみたいだろ？　お母さんにしてみれば、あんまりお兄ちゃんに、そういう風に思ってほしくなかったんだよ」

わたしにも、なんだかお母さんの気持ちがなんだか少しだけわかるような気がした。

たしかに、弟か妹が生まれるのは嬉しいけど、そのために仲良しの子犬と離れ離れになるのは、あんまり嬉しくない。だから、もし「赤ちゃんが生まれるから、バロンはおばあちゃんのところに返しましょうね」なんていわれたら、もしかしたらほんの少し、赤ちゃんをうらむ気持ちが生まれてしまうかもしれない。少なくとも、小田くんのお母さんはそう考えて、なんとか別の理由でバロンをおばあちゃんのところに返そうとしたのだろう。

それにしても——わたしはあらためて、関根さんの顔を見つめた。

雲峰池のほとりで小田くんの話を聞いた時、わたしは小田くんのお母さんに赤ちゃんが出来たかもなんて、思いもしなかった。それなのに、関根さんはわたしの話を聞いただけで、そのことを見抜いてしまったのだ。

「それで、その子犬はどうなったの？」

「あ、もう少ししたら、おばあちゃんの家に預けるみたいです。でも、おばあちゃんの家はそんなに遠くないから、毎週でも会いにいくんだって小田くんはいってました」

関根さんの問いに答えながら、わたしはもしかしたらこの人なら、あの謎を解いてくれるかもしれないと思った。

「あの……」

わたしは背筋をのばして、口を開いた。

「聞いてもらいたい話があるんです」

わたしが溶けた雪の謎について話し出すと、関根さんはさっきと同じ真剣な表情で、わたしの話を聞いてくれた。

ちなみに、犯人は子どもではないだろうか、というのがわたしの推理だった。それも、多分幼稚園から小学校低学年くらいの小さな子どもで、動機は図書館の外に本物の雪が積もっているのを見て、ツリーにも雪を降らせてあげようと思ったから。ツリーから取り去った綿は、おそらく本物の雪のあるところ——図書館の周りのどこかにあって、雪が溶けてしまえば姿を現すに違いない。

わたしが話し終えると、関根さんは「ちょっといいかな」といって、いくつかの質問をした。それは、今朝のこの街の天気だったり、雪の落ちていた場所だったり、絵本講座のことだったりと、あんまり関係のなさそうな質問ばかりだったけど、わたしは覚えている限り詳しく話すようにした。

質問がなくなると、関根さんはしばらくの間、考えをまとめるように黙ってコーヒーを飲んでいたけど、やがて窓の外に目をやると、

「多分、返すタイミングを逃《のが》しただけなんじゃないかな……」

　まぶしそうに目を細めながら、そう呟いた。

「犯人がわかったんですか？」

　わたしは驚きの声を上げて、身を乗り出した。この人の頭の中は、いったいどうなっているのだろう。

「もちろん、全部推測だけどね」

　関根さんはそう前置きをしてから、静かに語り出した。

「まず、犯人は幼い子どもっていう推理なんだけど、僕には一つ、ひっかかる点があるんだ」

「ひっかかる点？」

「うん。その推理だと、雪を持ち去ったのは、図書館の作り物のツリーにも本物の雪を降らせてあげようと考えるような――つまり、かなり小さな子どもっていうことになるよね？」

　その通りだったので、わたしはうなずいた。少なくとも、低学年よりは下だろう。関根さんは、少し勢いを弱めながらもやむことなく降り続いている雪と、その向こうに見える図書館を眺めながら、淡々と続けた。

「僕は、ツリーに雪が積もってるところを実際には見てないんだけど、ツリー全体に積もってたっていうことは、てっぺんにも雪が積もってたんじゃない？」

関根さんの指摘に、わたしは、あっ、と思った。確かにツリーには、一番上まで雪が積もっていた。そして、ツリーはわたしと同じくらいの高さがあったのだ。

「――もちろん、小さな子どもでも背のびをすれば、なんとかてっぺんに手が届くかもしれないけど、針金を外して綿を取るとなると、ちょっと難しいんじゃないかな。もし、椅子や踏み台を使っていたとしたら、目立つから誰かが気づいてるだろうし……。そうなると、もう少し上の学年――少なくとも、小学校の高学年以上になるんじゃないかと思うんだ」

「でも……」

わたしが口をはさむと、

「そうなんだよ」

関根さんがすぐにうなずいた。

「そうなると、ツリーに本物の雪を積もらせてあげるため、という動機は、ちょっと幼すぎる気がする。つまり、雪が溶けたことには、何か別の理由があるはずなんだ」

「別の理由……？」

わたしが首をひねっていると、

「『困難は分割せよ』っていう言葉があるんだけど、知ってるかな」

関根さんは突然そんなことをいい出した。

「困難は分割せよ？　えーっと……重たい荷物をわけて運ぶ、みたいなことですか？」

わたしが頭に浮かんだことを、そのまま言葉にすると、

「うん、そうだね」

関根さんはにっこり微笑んで、

「難しい問題がある時は、一度に解決してしまおうとするんじゃなくて、いくつかにわけて考えてみようっていう意味なんだ。今回のケースでいうと『誰かがツリーの雪を持ち去って、代わりに本物の雪を置いていった』って考えるんじゃなくて、消えた雪と現れた雪を別々に考えてみたら、どうなると思う？」

「……つまり、雪を持っていった人と、雪を持ってきた人が、別々にいるっていうことですか？」

わたしはさらに深く首をひねった。それだと、困難が二倍になってしまうんじゃないだろうか。

「子どもがぶつかると危ないからっていう理由で、今朝からツリーは掲示板のそばに置かれてるんだよね？」

関根さんは、言葉をひとつひとつ確かめるようにしながらいった。そして、わたしがうなずくのを確認してから、話を続けた。

「朝一番で図書館に来たお客さんの中には、館内に入って、まっすぐに掲示板の前まで来

た人も多かったと思うんだ。今日は、朝から雪が降ってただろ？　だったら、たとえばその人が帽子をかぶっていて、掲示板の前でその帽子を脱いだら、どうなると思う？」

「帽子に積もった雪が落ちる！」

わたしが元気よく答えると、関根さんは生徒が正解を出した時の先生みたいに満足そうにうなずいて、

「もちろん、帽子とは限らないよ。コートやマフラーかもしれないし、もしかしたらフードつきのコートを着た人が、フードをかぶらずに図書館まで歩いてきて、掲示板の前でコートを脱いだ拍子に、フードにたまった雪がどさっと落ちたのかもしれない」

わたしは、図書館の前でばったり会った時の小田くんの服装を思い出した。今日は朝から、雪が降ったりやんだりしていたので、小田くんはフードをかぶっていなかった。もしかしたら、ほかにもそんな人がいたのかもしれない。

「多分、あそこにツリーがなかったら、みんなもここまで頭を悩ませなかったと思うんだ」

たしかにそれなら、掲示板の前に雪が落ちていた、というだけのことなのだから、誰かがそこでコートか帽子を脱いだ拍子に雪が落ちたんだろう、とすぐに連想できたはずだ。

「結局、ツリーの雪が消えていたことが、話をややこしくしてしまったんだよ」

関根さんは話をまとめるようにいうと、カップの底に残っていたコーヒーを飲み干した。

わたしは「困難は分割せよ」という言葉の意味を、あらためて考えた。「雪が溶けちゃった」という小田くんの言葉を聞いて、わたしはツリーから消えた雪と床の上に積もった雪を、ひとつのものとしてとらえてしまった。だけど、実際にはわけて考えることで見えてくるものがあったのだ。でも──

「それじゃあ、ツリーの雪は、どうして消えてしまったの？」

結局、最後にはその問題が残ることになる。

「やっぱり誰かのいたずらなのかな……」

「いや……」

関根さんは首を振って、妙な言い方をした。

「ただのいたずらにしては、ちょっと丁寧すぎる気がするんだ」

「丁寧すぎる？」

「うん」と関根さんはうなずいて、

「ツリーの雪は、跡形もなく、きれいに取り去られていたんだよね？　もしこれがただのいたずらだったら、少しぐらい綿が残ることなんか気にせずに、むしり取ってしまうと思うんだ。それなのに、その誰かはわざわざ針金を外して、全ての綿をきれいに持ち去っている。つまり、その人にはどうしてもそうしなければならない事情があったんだよ。しかも、誰にも目撃されていないことから、それはごく短時間に手際よく行われたことになる。

だけど、たまたまいたずらを思いついただけの、通りがかりの利用者に、そんなことができるかな？」

「え？」

わたしは思いもよらなかった点を指摘されて、どきどきしながら聞き返した。

「利用者じゃなかったとしたら……まさか、職員さん？」

わたしがよほど不安そうな顔をしていたのだろう、関根さんはわたしを安心させるように「いやいや」と大きく手を振ると、

「雪が消えたのは、開館した直後だろ？　職員なら、開館前でも閉館後でも、いくらでも時間があるんだから、そんな時間帯にわざわざやる必要はない。僕がいいたかったのは、飾り付けを手伝った人なら、短時間でも可能だったんじゃないかっていうことなんだ」

「手伝った人って……絵本講座の人のことですか」

わたしは半分納得、半分疑問に思いながら聞き返した。たしかに飾り付けに参加した人なら、綿がどんな風に固定されているかわかっているのだから、取り去るのは早いかもしれない。だけど、どうしてせっかく自分たちが取り付けた綿を、次の日の開館直後に、しかもこっそりと取り外さなければならないのだろうか……。

わたしが考え込んでいる間に、マスターを呼んでコーヒーのお代わりを注文した関根さんは、

「これは推理というより、あくまでもひとつの可能性として聞いてほしいんだけど……」

と念を押してから、話を再開した。

「飾り付けを手伝ってくれたのは、絵本講座の受講生だったよね？　だったら多分、小さい子どもがいるお母さんとか、保育士さんとか、若い女の人が多かったんじゃないかな」

ちなみに後で聞いたところでは、関根さんの予想どおり、七人の参加者全員が二十代から三十代の女の人だったそうだ。

「仕掛け絵本だったら、当然はさみやカッターを使うだろうし、雪をツリーに固定するためには、ペンチで針金を切らないといけない。そんな作業をする時に、女の人がよく身につけているもので、少し邪魔になるものがあるんだけど、なんだかわかるかな？」

関根さんはそういうと、テーブルの上で自分の両手を組んだ。

「もしかして……指輪？」

「その通り」

関根さんは、人指し指を立てて、

「おそらくその女性は、ツリーの飾り付けを手伝っているうちに、工具が指輪にあたるのが気になって、作業の間だけ外しておくことにしたんじゃないかな。きっと、よほど大切な指輪だったんだろうね。

ところが、講座が終わって家に帰った彼女は、指輪を忘れてきてしまったことに気がついた。戻ってさがそうにも、図書館はとっくに閉まっている。そこで、翌朝一番に駆けつけたんだけど、掲示板のおとしものコーナーを見ても、それらしき連絡は見当たらない。困り果てた彼女が、ふと隣りを見ると、昨日自分たちが飾り付けをしたツリーが、すぐ目の前に立っていた。

それを見て、彼女はひらめいたんだ。昨日、飾り付けをしていた時に指から外して机の上に置いておいた指輪が、綿の中に紛れ込んでしまったに違いないって。多分、彼女自身にもなんとなく思い当たるところがあったんだろうね。そこで彼女は、誰も見ていないことを確認すると、大胆な行動にでた——」

関根さんの話を聞いていると、なんだかありそうなことのように思えてきた。だけど——

「そんなに大事なものなら、図書館の人に正直に言って、一緒にさがしてもらえばよかったのに」

わたしが顔をしかめると、

「そうなんだよ」

関根さんは身を乗り出して、大きくうなずいた。

「そこが、今回の出来事で一番おかしなところなんだ。もし本当に指輪をなくしたのなら、職員に打ち明けて、一緒にさがしてもらえばいいのに、彼女はそうしなかった。それどころか、ツリーの綿を全部持ち去ってしまうという、かなり荒っぽい手段をとったんだ。つまり、彼女は指輪を失くしてしまったことを、図書館の職員には絶対に知られたくなかった、ということになる。それは……」

関根さんが大きく息を吸い込んだ時、

「失礼します」

マスターがコーヒーと、それからなぜか小さなカップケーキを二つ、わたしたちのテーブルに運んできた。

「これは……？」

首をかしげる関根さんに、

「もうすぐクリスマスですから」

マスターは、わたしたちの前にかわいらしいチョコレートケーキを一つずつ置きながら、片目をつぶった。

「常連のお客様へのプレゼントです」

カウンターの中へと戻っていくマスターを見送ってから、あらためてケーキに目をやると、関根さんのケーキの上には小さなサンタさんの人形が、そしてわたしの方には、長靴の飾りが置いてあった。

「これは、僕に何かプレゼントをしろっていう意味なのかな？」

関根さんが、二つのケーキを見比べながら苦笑した。そして、

「実は、さっきいいかけたのが、これなんだ」

といった。

「これって……ケーキのことですか？」

「そうじゃなくて、プレゼントの方。つまり、指輪をプレゼントしてくれたのが図書館の職員だったから、指輪を失くしたことを、図書館の人にはいい出せなかったんじゃないかな」

関根さんはそういって、ケーキにフォークを入れた。

関根さんの言葉を聞いて、わたしは頭の中で、いままでに見たり聞いたりしたいくつかの出来事が、きれいにひとつにつながっていくのを感じた。

関根さんはケーキを一口食べてから、話を続けた。

「——もしかしたらその女性は、指輪の贈り主と、クリスマスにデートの約束をしていたのかもしれないね。それまでに、どうしても指輪を見つけなくちゃならなかったから、雪を全部持ち去るという荒っぽい方法をとったんだよ。もちろん、家まで持って帰ったわけじゃなく、トイレとか駐車場に停めた車の中とかでさがしたんだと思うんだけど、すぐに戻すつもりだったのが、思ったよりも早く発見されたので、返すタイミングを逃してしまったんだ」

コーヒーを飲みながら、まるで見てきたことのようにすらすらと話していた関根さんは、そこで一旦言葉を止めると、フッと肩の力を抜いて笑った。

「まあ、全部推測にすぎないんだけどね。ちょっと考えれば、いくらでも疑問点は出てくるんだ。たとえば、どうしてそんなに大事な指輪を絵本講座にわざわざつけていったのかとか、大事な指輪をどうして忘れてしまったのかとか……」

わたしには、その二つの疑問の答えが、わかる気がした。

絵本講座に指輪をつけていったのは、講座に出席すれば、指輪の贈り主に必ず会うからだ。そして、指輪を忘れていったのは、彼女がうわの空だったからに違いない。なにしろ、その講座の講師がプレゼントの贈り主だったのだから。

だから彼女は、図書館の人には知られないように、指輪をさがす必要があったのだ。

わたしは、クリスマスに休暇を取るために一生懸命働いている、ある職員さんの顔を思い浮かべて、思わず頬を緩めた。

それにしても――わたしは感動のため息をもらした。ツリーの雪が消えてしまったという出来事から、こんな物語が紡《つむ》ぎ出されるなんて、なんだかまるで魔法を見ているみたいだ。

やっぱり小説家というのは、物語を生み出す魔法使いなのかもしれない。

「お父さん」

気がつくと、わたしはごく自然にそう呼びかけていた。そして、びっくりした様子で目を丸くしている関根さんにたずねた。

「わたしの名前は、どうして『しおり』っていうの？」

関根さんは、思いがけない質問に一瞬言葉に詰まったみたいだったけど、やがて優しく微笑んで、口を開いた。

「しおりって、本をどこまで読んだのか、目印にするためにはさむから、次に本を開いた時には、必ずしおりのある場面から読み始めることになるだろ？　つまり、物語はいつも、しおりのあるところから始まるんだ。だから、『君の物語は、いつもここから始まるんだよ』っていう意味を込めて、『しおり』って名付けたんだよ」

物語は、いつもここから——わたしのいるところから始まる。わたしは、その言葉を胸の奥で噛みしめた。

すると、なんだか自分が、とても大きな本に包まれているような、そんな幸せな気持ちになれた。

気がつくと、あれだけ激しく降っていた雪はいつのまにかやんで、冬の穏やかな陽の光が、図書館を優しく照らし出していた。

エピローグ

アルコールの入ってないシャンパンで乾杯して、いつもよりもちょっとだけ豪華な食事をすませて、小さなホールケーキをお母さんと二人でたいらげると、すっかりお腹いっぱいになったわたしは、幸せな気持ちでガラス戸を開けてベランダに出た。

クリスマスイブの今日は、朝から少し曇っていたので、ホワイトクリスマスになるかな、という期待もあったんだけど、結局夜になるまで雪は降らなかった。その代わり、夕方から強くなった北風が雲を吹き飛ばしてくれたので、頭上にはきれいな星空がひろがっていた。

わたしが星と星とを見えない線でつないで、覚えたばかりの星座をおさらいしていると、部屋の中からお母さんの呼ぶ声が聞こえてきた。

わたしがぶるぶるっと身震いをしながらリビングに戻ると、お母さんの姿はなく、代わりにきれいに片付けられたテーブルの上に、大きな封筒が二つ、こちらを向いて並んでいた。

一つはあて先もあて名も書いてない封筒で、下の方に雲峰図書館の名前が入っている。そしてもう一つは、わたしの名前と住所が書かれた、出版社からの封筒だった。

わたしが目をぱちくりさせて、二つの封筒を見比べていると、

「どっちもしおりへのプレゼントみたいよ」

キッチンから顔だけ出しながら、お母さんがいった。

わたしは椅子に腰かけると、少し迷ってから、まずはあて名の書いてない方の封筒に手をのばした。

封筒の中から出てきたのは、数枚のコピーだった。どうやら、図書館だよりの新年号から、関根さんの記事だけをコピーしたもののようだ。

「今日、帰りに仕事の調べもので図書館に寄ったら、美弥子にたのまれたの。しおりに渡してほしいって」

コーヒーとミルクティーをテーブルに運びながら、お母さんがいった。

「図書館だよりはまだ完成してないんだけど、早くしおりに見せたかったんですって」

お母さんの台詞にうなずきながら、わたしはコピーに目を落とした。

講演会の記事は、関根さんの話していた内容が、見事にそのまま文章になっていて、秋の講演会の様子が鮮やかに目の前によみがえってくるようだった。

ミルクティーを飲みながら、記事を一気に読み終えたわたしが、さらにページをめくると、最後の一枚は関根さんの特集ページになっていた。一面全体を使って、関根さんのこれまでの作品と、今月出たばかりの新刊が紹介されている。

新刊は『ちょっとした奇跡』というタイトルのハードカバーで、本の写真の下に、関根さんの写真とインタビューが載っていた。

それによると、デビューからいままでずっと大人向けの小説ばかりを書いてきた関根さんにとって、今回は初めて子どもの読者を意識して書いた作品だったらしい。

どんな内容なんですか？　というインタビュアーの美弥子さんの問いに、関根さんはこんな風に答えていた。

「例えば、青空を見上げた時、まるで猫のような雲が浮かんでいることがあります。夜空を見上げると、白鳥の形をした星座が見えることがあります。

だけど、もちろん青空に猫はいないし、夜空に白鳥はいません。そこに猫や白鳥の姿を見るのは、人間の想像力なんです。

想像力があるからこそ、人は四季を楽しんだり、夢を抱いたり、人を思いやったりすることが出来るんだと思います。

この本に載っているのは、そんな人間の想像力が起こした、五つの小さな奇跡の物語なんです」

インタビューを読みながら、わたしは数日前の関根さんの推理を思い出していた。あとで美弥子さんに聞いたところでは、関根さんの推理はおおむね当たっていたらしい。まるで、夜空の星と星をつないで星座を描くように、一見何のつながりもなさそうに見える事柄をつなぎあわせて、一つの物語を導き出すのも、きっと想像力なのだろう。

わたしは読み終わったコピーを封筒に戻すと、もう一通の封筒を手にとった。こちらの封筒はずっしりと重くて、裏返すと、隅の方に小さく関根さんの名前があった。

わたしはチラッと顔を上げて、お母さんの顔を盗み見た。だけど、お母さんはカップに顔をかぶせるようにしてコーヒーを飲んでいたので、湯気の向こうの表情はわからなかった。

胸いっぱいに深呼吸をして、どきどきしながら封を開けると、中から出てきたのは一冊のハードカバーだった。表紙には、満天の星空と、その下で深い緑の葉を茂らせている大きな木が、やわらかいパステルタッチで描かれている。その木の上に、

『ちょっとした奇跡』

本のタイトルが、まるでお月様のような色でぽっかりと浮かんでいた。表紙にかけられた帯には〈世界は奇跡に満ちている〉と、やっぱりお月様の色で書かれている。

その表紙を見ているうちに、わたしはふと、昔々、まだわたしが小さかった頃に誰かに教えてもらったおとぎ話を思い出した。

世界のどこかに大きな大きな木があって、その木の葉には、一枚につきひとつの物語が、特別な言葉で書かれている。それは、この世界に生まれたわたしたち、ひとりひとりのために書かれた物語で、わたしたちはみんな、物語と共に生きている――たしか、そんな話

だった。

　わたしが表紙をじっと見つめていると、

「今日ね、会社に電話があったの」

　突然、お母さんの声がした。わたしが顔を上げると、お母さんは口元に笑みを浮かべて、わたしの顔をのぞき込んでいた。

「しおりに本を贈ったから、よろしくって……読んだら、お母さんにも感想を聞かせてね」

　お母さんはそういってコーヒーを飲み干すと、カップを手にしてキッチンへと向かった。

「ねえ、お母さん」

　わたしはお母さんの背中に声をかけた。

「ん？　なあに？」

　お母さんは足を止めると、顔だけでこちらに振り返った。わたしはちょっと迷いながら、

「わたしもなにか、送った方がいいと思う？」

　と聞いてみた。

「なにかって？」

「だから、本のお礼とか……」

「そうね……」

お母さんは、小首をかしげてしばらく考えていたけど、やがてにっこり笑っていった。

「だったら、感想文を書いて、年賀状と一緒に送ってあげたら？」

番外編

九冊は多すぎる

昨日の夜に降りはじめた、この冬二度目の雪は、一晩で街を真っ白に染めると、翌朝にはすっかりやんでいた。

今年最後の日曜日。朝ごはんを食べ終えたぼくが、リビングの窓から白く染まった庭を眺めていると、キッチンから母さんの呼ぶ声が聞こえてきた。

「今日はなにか予定あるの？」

ない、と答えると、大掃除《おおそうじ》を手伝わされそうな予感がしたので、ぼくは慌てて「図書館にいく」と答えた。

「今日中に返さないといけない本があるんだ」

図書館の本を一冊だけリュックに詰めて、ダウンジャケットをしっかりと着込むと、母さんに「転ばないよう、気をつけなさい」と見送られながら家を出る。

身を切るような北風に首をすくめながら、ぼくは図書館への道を歩き出した。

一年も終わりに近づいて、街もなんだか落ち着かないみたいだ。どこかで事故でもあったのか、パトカーがサイレンを鳴らしながらぼくを追い越していく。

リュックに入っているのは、冬休みに読むつもりで借りてきた、双子の怪盗が活躍するミステリーシリーズの最新作だった。本当は年明けに返せばいいんだけど、読んでるうちにとまらなくなって、昨夜のうちに読みきってしまったのだ。

図書館では一人五冊まで借りられるので、家にはまだ四冊残ってるんだけど、せっかくの休みだし、この本を返して、新しく別の本を一冊借りてくるつもりだった。

それにしても——雪に足をとられないよう気をつけて歩きながら、大掃除から逃げるためとはいえ、こんな日にわざわざ図書館にいこうとするなんて、半年前のぼくだったらとても考えられないな、と思った。

半年前のぼくはといえば、字の多い本は手に取ろうともせずに、

「どうして読書感想文に漫画がないんだよ」

とぼやいていたのだ。

それがいまでは、すっかり図書館の常連になって、好きなシリーズの最新作には予約まていれている。それもみんな、今年初めて同じクラスになった茅野と、茅野を通じて図書館で出会った人たちのおかげだった。

年が明けたら、ぼくは六年生になる。

来年は、いったいどんな出会いが待っているんだろう——そんなことを考えながら郵便ポストのある角を曲がると、前方にクリーム色の建物が見えてきた。雲峰市立図書館だ。

少し勢いを増してきた北風に足を速めて、ようやく図書館にたどり着いたぼくは、入り

口の前でぽかんと口を開けて立ち尽くした。

自動ドアの前に、〈本日休館日〉と書かれた立て札が立っていたのだ。

どうやら、今日から年末年始の休館に入ってしまったらしい。

ぼくはしばらくの間、そのまま呆然としていたけど、いつまでもこうしていても仕方がない。体も冷えてきたので、せめて持ってきた本をブックポストに入れて帰ろうと、リュックをおろしかけた時、

「安川くん?」

突然後ろから名前を呼ばれて、ぼくは反射的に振り返った。白いロングコートの女の人が、ぼくの顔をのぞき込むようにして首をかしげている。

「こんにちは、館野です。覚えてる?」

女の人の言葉に、

「はい。水野さんですよね」

ぼくがそう答えると、女の人はにっこり笑ってうなずいた。

なんだかおかしなやり取りだけど、どちらも間違ってるわけじゃない。児童向けの小説を書いている水野さんは、図書館の常連でもあって、本名が館野さん、ペンネームが水野さんなのだ。

水野さんの娘さんと茅野が知り合いで、その関係で、ぼくも前に紹介してもらったこと

があった。

「水野さんも図書館ですか？」

ぼくがたずねると、水野さんは小さく肩をすくめて首を振った。

「わたしは散歩。お茶でも飲みながら、次の作品の構想を練ろうと思って」

水野さんが視線を向けたのは、図書館の隣りにある『らんぷ亭』という喫茶店だった。その名のとおり、昔は本当にランプを売っていたそうで、いまでも店の中には、腕のいいランプ職人だったマスターのおじいさんの作品があちこちに飾られている。

この寒空の中、店の窓から見える灯りはとても暖かそうに見えた。ぼくもできればいきたかったけど、うちの学校は、保護者なしで喫茶店に入るのは禁止なのだ。

そんなことを考えていると、それが顔に出たのだろう、水野さんがぼくに顔を近づけて、

「よかったら、らんぷ亭でお茶でもどう？」といった。

「大人の人と一緒なら、お店に入っても大丈夫なんでしょ？」

「え？　えーっと……」

ぼくがとっさに言葉に詰まっていると、水野さんはフフッと笑って、

「実は、次の作品っていうのが、高学年向けの推理ものなの。それで、もしよかったら現役の小学生に、ちょっと意見を聞かせてもらえないかなと思って……」

ぼくは迷った。水野さんは知らない人じゃないし、家で話題にしたこともあるので、母

さんも知っている。だけど、保護者といってもいいのかどうか……。

結局、水野さんにぼくの家に電話してもらい、母さんの許可を取るということで話がまとまって、ぼくたちはらんぷ亭のドアを開けた。

「いらっしゃいませ」

カウンターの中から、マスターが暖かい声と笑顔で出迎えてくれる。

体が冷え切っていたぼくは、ホッと息をついて、店内を見渡した。

雪のせいか、それとも図書館が休館に入ってしまったためか、店内にお客さんの姿は二組だけだった。

奥のテーブル席には、目が覚めるような明るいオレンジ色のセーターを着た女の人と、薄いブルーのトレーナーを着たぼくと同い年くらいの女の子が、向かい合わせに座っている。

そしてカウンターでは、グレーのセーターを着た男の人が、大きなマスクをつけたまま、背中を丸めて文庫本を読んでいた。

ぼくと水野さんは、入り口近くのテーブル席に向かい合わせに腰を下ろすと、ホットココアをふたつ注文した。

「今日は、冬休みに読む本を借りるつもりだったの？」

水野さんの質問に、ぼくは曖昧にうなずきながら、リュックから返し損ねた本を取り出した。

「もう読んじゃったから、これを返して、新しい本を借りようと思ったんですけど……」

「ミステリーが好きなんだ」

本のタイトルを見て、そう聞いてきた水野さんに、ぼくは「うーん」とうなると、考えながら答えた。

「ミステリーとかファンタジーとか、そういうのはあんまり気にしてないんですけど……なんていうか、出てくる登場人物が、格好いい話が好きなんです」

「なるほどね」

水野さんが感心したように、何度も深くうなずいた時、

「あっ！」

カウンターの男性が、突然大きな声を上げて立ち上がった。そして、隣の椅子にかけてあったベージュのコートを手に取ると、テーブルの上の携帯電話と伝票をつかんで、レジに小銭を放り出すようにして店を飛び出していった。

その勢いに、ぼくがあっけにとられて見送っていると、水野さんが「あら？」と声を上げて席を立った。そして、さっきまで男性が座っていた席の足元にしゃがみ込むと、

「これ、いまのお客さんの忘れ物じゃないかしら？」

一冊の文庫本を手にして立ち上がった。シンプルな地図のような表紙に、青色の背表紙。

ビニールコーティングされておらず、図書館のバーコードもついていないところを見ると、どうやら本屋で買ったもののようだ。

「すぐに気づいて、取りに戻って来られるかもしれませんね」

カウンター越しに本を受け取ったマスターがそういって、ぼくたちの視線がお店の入り口に向けられた時、

「寒い寒い」

ドアベルが大きく鳴って、背の高い男の人がお店に飛び込んできた。

「また少し風が強くなって……あれ？　どうかしたんですか？」

注目されていることに気づいて、両手をこすり合わせた姿勢のままで、きょとんと立ち尽くしているのは、天野さんだった。

「今日はお休みじゃないんですか？」

ぼくが思わずそういうと、

「休館日でも、館内では仕事をしてるんだよ」

天野さんはにやりと笑って答えた。

「本棚の整理とか、本の修繕とかね。それより――」

天野さんはカウンター席に腰をおろして、店内を見回すと、

「なんだかみなさん、驚いてたみたいですけど、なにかあったんですか？」

マスターに向かって聞いた。

「ちょうど、その席にいらっしゃったお客様が、忘れ物をされまして……」

マスターが天野さんに水を出しながら、簡単に事情を説明する。

「なるほど。それで……」

天野さんはようやく納得した様子で表情を緩めたけど、ふと入り口の方を振り返ると、

「それじゃあ、もしかしてあの人かな……」

小さな声で呟いた。

「あの人？」

水野さんが聞き返す。天野さんはマスターにコーヒーを注文すると、

「いま、ここに来る途中で、携帯電話で誰かと話しながら歩いてる男の人とすれ違ったんですけどね……」

窓の外に目を向けながら口を開いた。

「その人って……」

水野さんがさっきの男性の服装を伝えると、天野さんは「そうです」とうなずいて、

「その人が、ちょっと気になることをいってたんです」

そういって、かすかに眉根を寄せた。

「なんていってたんですか？」

その思わせぶりな言い方に、ぼくがたずねると、天野さんは記憶をたどるように天井を見上げながら答えた。

「マスク越しだったんで、あんまりはっきりとは聞き取れなかったんだけど、確か、こういってたんじゃないかな。『九冊は多すぎるよ』って……」

「九冊は多すぎる……?」

ぼくはその台詞を小声で繰り返して、首をかしげた。

五冊でも十冊でもなく、どうして九冊なんだろう……。

なんだか中途半端な数字だな、と思っていると、

「なんだか中途半端ですね」

同じことを考えていたらしく、水野さんが呟いた。

「そうなんですよ。それでひっかかって……どういう意味だと思いますか?」

天野さんがそう問いかけた時、

「あの、それって……」

突然、思いがけない方向から返事が返ってきて、ぼくたちはいっせいに顔を向けた。奥の席に座っていた女の人が、椅子の上で体をひねって、興味津々《しんしん》という顔でこちらに身を乗り出している。

ぼくたちが戸惑っていると、女の人はけらけらと笑い出した。

「急に口をはさんでごめんなさい。話を聞いてて、どうしても気になっちゃって。あ、わたしは溝口っていいます。この子は姪の葉月ちゃん。今日は、この近くに住んでるお友達のところに遊びにきたの」

　ひとりでしゃべっている女の人の後ろで、連れの女の子が苦笑いを浮かべながら小さく頭を下げたので、ぼくたちもぺこりとお辞儀を返すと、

「それで、さっきの謎の台詞なんだけど……」

　溝口さんはさっそく話を再開した。すごくマイペースなんだけど、あっけらかんとしているせいか、なんだか嫌な感じはしなかった。

「わたし、プレゼントじゃないかと思うんです」

「プレゼント、ですか？」

　水野さんがいぶかしげな顔で聞き返す。溝口さんはうなずいて、「この間ね」と話し出した。

「お友達に子どもが生まれたから、お祝いに絵本を贈ろうと思って本屋さんに行ったんだけど、赤ちゃん向けの絵本ってどれもすごく可愛くて、なかなか決められなかったの」

「はあ……」

　話がどこに向かっているのか分からなかったので、ぼくは間の抜けたあいづちをうった。

「それで、さっきの台詞は……」

「だから、もしかしたらさっきの男の人も、最近子どもが産まれたんじゃないかしら。電話はお友達からで、『お祝いに、絵本を九冊贈るから』とかいわれて、『九冊は多すぎるよ』って答えてたのよ」

溝口さんの説は、それなりに筋は通ってるような気もしたけど、なんとなく違和感があった。ぼくがその違和感の正体について考えていると、

「『お祝いに絵本を贈るから』とか『絵本を何冊か贈るから』というなら分かりますけど、『絵本を九冊贈るから』というのは、なんだかちょっと不自然な感じがしますね」

水野さんが首をかしげながら口を開いた。日頃から台詞を考えている小説家らしい意見だな、と思っていると、

「あの……その男の人は、どんな口調だったんですか?」

溝口さんの連れの女の子——葉月さんが、天野さんに声をかけた。

「たしか、ちょっと困ったような言い方だったな。『九冊は多すぎるよ』って……」

天野さんは問題の台詞を、ちょっと困ったような顔と口調で再現した。それを聞いて、

「だったら、やっぱり違うんじゃないかな」

葉月さんは溝口さんに向きなおった。

「だって、おばさんの推理だと、男の人はプレゼントをもらう立場なわけでしょ? だったら、困ってるっていうより、『そんなにもらうのは悪いよ』とか、もっと遠慮した言い

方になるんじゃない？」

「そうねえ……まあ、お祝いに九冊っていうのも中途半端だしね」

自分の推理をきっぱりと否定されて、がっかりするかなと思ったら、溝口さんはまたけらけらと笑って、あっさり自説を撤回した。

「でも、『九冊』が多すぎるなら、何冊だったらよかったんでしょうね」

マスターが運んできてくれたココアを冷ましながら、ぼくが呟くと、

「一冊もいらなかったら、『九冊は』っていう言い方はしないだろうし……」

水野さんがカップに口をつけながら答えた。

「もしかしたら、五冊とか六冊だったらちょうどよかったのかもね」

そのやり取りを聞いていた葉月さんが、ハッと顔を上げて、誰にともなく聞いてきた。

「ここの図書館って、一人何冊まで借りられるんですか？」

「五冊までだけど……」

代表してぼくが答えると、

「だったら、誰かに頼まれて図書館に本を借りに来た、っていうのはどうでしょうか？頼まれたのは九冊だったんだけど、貸し出し冊数が五冊までだったから、電話をかけて『九冊は多すぎるよ』って……」

「でも、今日は休館日だよ」

　ぼくがそういうと、葉月さんは一瞬考えるそぶりを見せてから、すぐに答えた。

「きっと、入り口から見えるところに、利用案内の看板かなにかがあったのよ」

「うーん」

　そんな看板あったかな、と思いながら、ぼくは首をひねった。

「でも、それなら『九冊は多すぎる』より、『今日は休みだったよ』とか、『五冊までだったよ』とか、そういう言い方になりそうな気がするけど……」

　ぼくの言葉に、葉月さんはちょっと言葉に詰まると、「たしかにそうね」と肩をすくめた。

「だったら、反対に頼まれて本を返しに来たっていうのはどうかな？」

　天野さんがぼくと葉月さんの顔を交互に見ながらいった。

「借りてた本が、自分の分と誰かの分で、あわせてちょうど九冊だったんだよ。それを雪の中、ここまで運んでくるのが大変だったから、『九冊は多すぎるよ』って……」

　たしかに、返すだけならブックポストに放り込めばいいんだけど……。

「でも、あの人、かばんも何も持ってませんでしたよ」

　水野さんの言葉に、ぼくは男の人の姿を思い浮かべた。

　店を飛び出していった時、男の人は財布と携帯、それからコートを抱えていただけで、かばんらしきものは何も手にしてなかった。文庫本は、コートのポケットにでも入れてきたのだろう。

　さすがに九冊ともなると、家からむき出しで運んできたりはしないだろうし、仮にそのまま運べるぐらい家が近かったり、すごく薄い本だったりしたら、今度はわざわざ電話で『九冊は多すぎる』なんて文句をいうことが不自然だ。

　それにしても、なんだか推理合戦みたいになってきたな、と思っていると、

「その男の人は、ほかには何もいってませんでしたか？」

　天野さんの前にコーヒーを置きながら、マスターまで話に加わってきたので、ぼくはちょっと驚いた。マスターは、こういうお客さんの詮索《せんさく》をするような話は好きじゃないと思っていたのだ。

「そういえば……」

　天野さんがコーヒーにミルクと砂糖を入れながら答えた。

「何かいっていたような気がします。あれは確か、『本が好きなんだから』だったかな？いや、『本好きだから、なおさらだ』だったかも……」

「本が好きだから、なおさらだ……？」

　ぼくは首をひねった。続けていうと、『九冊は多すぎるよ。本が好きなんだから、なおさらだ』となる。

　なんだかおかしいな、と思っていると、

「それって、おかしくないですか?」

奥のテーブルで葉月さんが、不思議そうに口をとがらせながらいった。

「だって、九冊が多すぎるってことは、もっと少ない方がいいっていうことですよね? でも、本が好きなんだったら、多い方がいいんじゃないかしら」

たしかに、本が嫌いだから九冊は多すぎる、というなら分かるけど、男の人の台詞はその逆なのだ。

「それって、続けて口にしたんですか?」

「そうですね。ただ、風が強かったので、聞き取れなかった部分があったかも……」

水野さんと天野さんのやり取りを聞きながら、ぼくはふたつの台詞を同時に説明できる方法はないかと考えた。

本が好きな人でも、九冊もあると嫌な本といえば……。

「——宿題だったのかも」

頭に浮かんだ言葉が、口からぽろっとこぼれ落ちる。

「宿題?」

首をかしげる水野さんに、ぼくはうなずき返した。

「あの人、急に何かに気づいたみたいに、店を飛び出していったじゃないですか。携帯電話を持ってたから、もしかしたら、誰かからメールがきて、それを見て慌てて出ていったんじゃないかと思ったんです」

「そのメールが、宿題だったっていうの？」

「はい。きっと、家庭教師か誰かから、冬休み中に解かないといけない参考書とか問題集のリストが送られてきたんです。それが九冊もあったから、いまからすぐに始めないと間に合わないと思って、慌てて家に……」

「でも、学生には見えなかったけどな」

天野さんがコーヒーを飲みながらぽつりといった。

「もちろん正確な年齢はわからないけど、ぼくと同じくらいじゃなかったかな」

天野さんと同じということは、二十代後半くらいだろうか。確かにそのくらいだったかな、と思っていると、

「宿題が出るのは、学生だけとは限らないわよ」

奥の席から溝口さんが助け舟を出してくれた。

「英語の検定試験とか、何かの資格を目指してて、試験日が年明けに迫ってるのかも」

「でも……」

葉月さんが頬に手を当てて呟く。

「だったら、『本が好きだから』っていうのは、どういう意味だったのかな？」

ぼくは目を閉じて、考えながら口を開いた。

「きっと、あの男の人は本が大好きで、このお正月も本を読んで過ごそうと思ってたんです。それなのに、問題集を九冊もやるようにっていうメールが突然届いたから、思わず電話をかけて『九冊は多すぎるよ。本が好きなんだから』って……」

「たしかに、それだと急いで店を飛び出していったことは説明できるわね」

水野さんがそういって微笑んだ。

「だけど、お正月に問題集が九冊っていうのは、いくらなんでも多すぎない？」

「そうですね」

話しているうちに、自分でも苦しいなと思っていたので、ぼくは素直に認めてうなずいた。だけど、たった一言の台詞から、男の人の置かれた状況を想像するのは、なんだか一編の物語をつくってるみたいで楽しかった。ぼくがそんなことを考えていると、

「それにしても……」

葉月さんがカップを両手で包み込みながら、感心した様子でいった。

「たった一言の台詞にも、いろんな可能性があるものなんですね」

ぼくはうなずきながら、窓の外に目をやった。いつのまにか、ふたたび降り始めた雪は、昨夜ほどの勢いはないものの、確実に店の前の道を白く染めつつあった。

ぼくたちがなんとなく黙り込んでいると、

「ねえねえ、聞き間違いっていうことはないのかしら」

溝口さんが大きな声で天野さんに呼びかけた。

「たとえば『九冊』じゃなくて、なにか別の単語だったとか……」

「どうだったかなあ……」

天野さんは苦笑を浮かべながら頭をかいた。

「そんなに気をつけて聞いてたわけじゃないんで、間違いないかといわれると、あんまり自信はないですけど……」

二人のやり取りを聞きながら、ぼくは『九冊』と聞き間違えそうな言葉を頭に思い浮かべていった。

給食、救出、休日……。

だけど、どれもピンとこないし、聞き間違えるのは無理があるよなあ、と思っていると、

「キュウサクなんてどうかしら」

水野さんが、みんなの顔を見回しながらいった。

「キュウサクって、古い作品のことですか？」

天野さんの言葉に、水野さんがうなずく。

ぼくは頭の中で〈キュウサク〉を〈旧作〉に変換した。九冊と旧作——確かに似てるかもしれない。

「こんなストーリーを考えてみたんだけどね」

水野さんは、なんだかうれしそうに話し出した。

「どこかの美術館で、もうすぐある画家さんの展覧会があって、あの人はそのマネージャーさんなの。その展覧会は、本当は新作発表会の予定だったんだけど、それだと数が足らないから、過去の作品――旧作も展示することになった。ところが、画家さんの調子が悪くて、新作がなかなか仕上がらない。困った画家さんは電話をかけて、旧作の展示をもっと増やして欲しいってお願いするの。それを聞いて、マネージャーさんが思わず口にした一言が、『旧作が多すぎるよ』だったのよ」

「はあ……」

目の前に突然現れた物語に、ぼくはちょっとびっくりした。もっとも、水野さんがにやにやしているところを見ると、どうやら本気でこれが真相だと思っているわけではなさそうだ。もしかしたら、この推理合戦をヒントにして、次の作品のアイデアを考えているのかもしれない。

「だったら、こういうのはどうかしら」

溝口さんも楽しそうな口調で話に加わってきた。

「さっきの男の人は、実は刑事さんだったのよ」

「どういうこと？」

葉月さんが眉をひそめて聞き返す。

「つまりね」

溝口さんは指を一本立てて続けた。

「刑事さんは、ある事件の容疑者に目をつけてたんだけど、その容疑者は事件があった時には温泉旅行にいってたって主張してるの。さっきの電話は、そのアリバイを調べてた別の刑事さんからで、容疑者が事件当日、草津《くさつ》温泉にいたことが証明されたっていう連絡だったのよ。草津と事件現場は遠く離れてるから、これでアリバイは成立する。それを知った刑事さんは、思わずぼやいちゃったの」

溝口さんはそこで言葉を切って、みんなの顔を見回してから続けた。

「『草津は遠すぎるよ』って」

「なるほど……」

天野さんが、感心したような呆れたような口調でいった。

「まるで、二時間ドラマみたいな展開ですね」

それにしても、なんだか元の台詞とずいぶん離れちゃったみたいだ。

そろそろアイデアも尽きてきたかな、と思っていると、

「やっぱり、聞き間違いだったのかもしれませんね」

カウンターの中でグラスをみがいていたマスターが、突然口を開いた。みんながいっせいに注目する。マスターは真剣な表情で語り出した。

「九冊は多すぎる……その台詞を耳にしたのが、図書館で働いてらっしゃる天野さんだったから、いつもの習慣で本の数だと思い込んでしまったんじゃありませんか？」

「それじゃあ、マスターは本当は何だったと思うんですか？」

天野さんがたずねると、

「たとえば、こういうのはどうでしょう」

マスターはカウンターの上に身を乗り出して、低く、ささやくような声でいった。

「『警察が多すぎる』」

「警察が……」

天野さんが絶句する。ぼくたちも思わず顔を見合わせた。そんな中、マスターは静かな声で続けた。

「さっきも少し話に出ていましたけど、帰り方があまりに急すぎるとは思いませんでしたか？　まるで、わざと印象づけるみたいに……。あれはたぶん、アリバイ工作だったんです」

マスターは、言葉を失っているぼくたちの顔を見回した。

「どういうことですか？」

水野さんがかすれた声でたずねる。

「つまり、さっきの男の人は実は替え玉で、あの人によく似た別の人物が、どこか別の場所で犯罪を行うんです。そして、警察に調べられたら、その人はこう答えるわけです。『その時間なら、らんぷ亭という喫茶店にいましたよ。そういえば、約束を思い出して、慌てて店を飛び出したので、お店にいた誰かがぼくのことを覚えてるかもしれませんね』」

「だけど、大きなマスクをしてたから、顔はあまり覚えていませんよ」

天野さんの言葉に、

「それじゃあ、顔はあまり似てないのかもしれません」

マスターは肩をすくめていった。

「似ているのは髪型とか体形で……きっと、マスクをしていればそっくりなんでしょう」

「だったら、証言してもあまり意味がないかも……」

水野さんがそういうと、

「だから、これを忘れていったんですよ」

マスターは唇の端でかすかに笑って、顔の横に本を掲げた。

「おかしいと思いませんか？　ほとんど手ぶらだったのに、唯一の持ち物である文庫本を忘れていくなんて。おそらくこの本には、この店には来なかったはずの別の人物の指紋が、たっぷりついてると思いますよ。さっきの人は、自分の指紋があまり本につかないよう、注意しながら読んでいたか、もしかしたら同じ本をもう一冊用意していて、店を出る直前に、自分の指紋がついていない方の本をわざと落としていったのかもしれません」

「でも、それじゃあ『警察が多すぎる』っていうのは、どういう意味だったんですか？」

溝口さんが、話に引き込まれた様子で身を乗り出した。マスターは眉を寄せて、

「たぶん、予定通りに本を忘れて店を出たところで、警察の姿が予想以上に多いことに気がついたんでしょう。どこかで事故でもあったのか、年末の飲酒検問でもしていたのかもしれません。彼らがどんな犯罪を計画していたのかまでは分かりませんが、とにかくこのまま実行したら捕まってしまうと考えた男は、仲間に電話をして、すぐに計画を中止するよう忠告します。それが、あの台詞――『警察が多すぎる』だったんです」

「ということは、計画は中止になったんですね？」

葉月さんが、少しほっとした様子でいった。だけど、マスターは硬い表情で首を振った。

「それは分かりません。もしかしたら、警察が多いから気をつけて実行しろ、という意味だったのかもしれませんし」

静かになった店内に、マスターの声だけが響く。

「もともとの計画では、事件が起こって、警察がアリバイ確認のためにこの店を訪れ、忘れていった本を証拠品《しょうこ》として持ち帰る、という予定だったはずです。しかし、もし計画を中止したのなら、この本はアリバイ工作をしようとしたことの証拠になってしまいますから、すぐに取り返そうと……」

そこまで話したところで、マスターが不意に言葉をとぎらせて、顔を上げた。同時に、

ドアがいきおいよく開いて、ベージュのコートにマスクをつけた男性が店に飛び込んできた。

ぼくたちが凍り付いていると、その男性はマスターに歩み寄り、マスクを外して口を開いた。

「すいません。さっき、慌てて帰ったので、本を忘れていったみたいなんですけど……」

ぼくたちが固唾《かたず》をのんで見守る中、マスターはカウンターから出てきて本を差し出すと、にっこり笑ってこういった。

「椅子の下に落ちてましたよ、清水《しみず》さん」

「え？」

ぼくは思わず声を上げた。ほかのみんなも、あっけにとられた様子で、ぽかんと二人を見つめている。

すると、ドアがふたたび開いて、ブルーのコートを着た女の人が入ってきたかと思うと、男の人の背中を平手でバシッと叩いて、マスターに頭を下げた。

「こんにちは、マスター」

「今日はデートですか？」

微笑みながら二人の顔を見るマスターに、

「そうなんですけど……」

女の人は、男の人の背中をまたドン、と叩いて、顔をしかめた。

「この人が、また時間を忘れて本に夢中になってたみたいで……」

マスターは、そこでようやくぼくたちの方を向くと、頭を下げながら、

「すいません。ご近所の方なんです」

といった。

「お知り合いだったんですか」

天野さんが目を丸くして、ガクッと肩を落とす。ぼくたちもいっせいに息を吐き出して、店内の緊張が一気に解けていった。その様子に、

「なんだかよく分からないけど、お騒がせしたみたいですね」

清水さんが恐縮した様子で頭を下げた。そこでマスターが、清水さんが帰り際に口にした台詞について、みんなで推理合戦をしていたのだと説明した。

「それで、結局あの台詞って、どういう意味だったんですか？」

我慢し切れなくなったように、溝口さんがたずねる。

「あれは、ペナルティなんです」

清水さんが口ごもっていると、女の人が苦笑いを浮かべながら答えた。

「わたしたち、もともと本好きがきっかけで知り合ったんですけど、彼が本に夢中になってデートに遅刻することがあまりにも多いので、遅刻したらペナルティとして、わたしの

好きな本を買ってもらうことにしたんです。それも、遅刻が一回目の時は一冊、二回目なら二冊、という具合に……」

「それじゃあ、九冊っていうことは……」

目を丸くする水野さんに、女の人はため息をついてうなずいた。

「はい。今日で九回目なんです」

「プレゼントじゃなくて、ペナルティだったのね」

溝口さんが少し残念そうにいった。確かに、考えてみたら、一番真相に近づいていたのは溝口さんだったかもしれない。

「九冊も買うとなると、本によっては一万円を越しますからね……」

天野さんが同情のこもった目で清水さんを見た。

それで、本を落としたことにも気づかずに、慌てて店を飛び出していったわけか……そこまで考えて、ぼくはあることに気がついた。

「それじゃあ、後半の『本が好きだから、なおさらだ』っていうのは、どういう意味だったんですか？」

「え？　ぼく、そんなことといってましたか？」

清水さんは記憶を探るように目を細めていたけど、やがて思い出した様子で手を叩いて、

「あ、そうか。たぶん、『長い本が好きだから』っていったんですよ」

といった。

「長い本、ですか？」

聞き返すぼくに、清水さんはうなずいて、

「彼女、小説の中でも、特に大長編が大好きなんです。だから、好きな本となると、厚くて重い本ばかりになっちゃって、お金もかかるし運ぶのも大変なんです。しかも、それが九冊ともなると……」

「なによ、自分が悪いんでしょ」

彼女がすねたように唇をとがらせたので、清水さんはスッと言葉を飲み込んで小さくなった。

その様子に、みんなから笑い声が起きる。

つまりは、こういうことだったのだ。

「（遅刻が九回目だからって）九冊は多すぎるよ。（君は長い）本が好きなんだから、（重いし高いし）なおさらだ」

二人が頭を下げながら帰っていくと、

「はじめから知ってたんですね」

水野さんが微笑みながら、マスターを軽くにらんだ。

「すいません」

マスターはあらためて、ぼくたちに頭を下げた。

「お二人で何度か来られたことがあって、デートのペナルティの話も聞いていたので、はじめから見当はついていたんですが、みなさんが推理を楽しんでいるようでしたので……」

「楽しかったです」

目を輝かせてそういったのは葉月さんだった。

「物語って、こんな風に生まれるのかも、と思いました」

「ほんとね」

そんな葉月さんを優しく見守りながら、溝口さんがうなずいた。

「でも、マスターの推理には、ちょっとどきどきしましたよ」

天野さんの言葉に、マスターはまた頭を下げた。

「すいません。ちょっと、悪乗りが過ぎましたね。おわびといってはなんですが……」

いつのまに用意していたのか、マスターはトレイに乗った小さなカップケーキをみんなに配り出した。

「サービスです。よろしければどうぞ」

そんなやり取りをしている間に、ふと気がつくと、水野さんが小さなノートに何かを書き綴っていた。

「なにを書いてるんですか？」

ぼくがたずねると、

「いまの推理合戦をメモしてるのよ」

水野さんはフフッと笑った。

「もしかして、次の作品ですか？」

「もちろん、このまま小説にするわけじゃないけどね」

水野さんはそういって、何かを思いついたように突然黙り込むと、ふたたびノートにペンを走らせた。そして、

「でも、もし小説にするとしたら、タイトルはこんな感じかな」

そういいながら、ノートをぼくの方に向けた。

そこには力強くきれいな字で、こう書いてあった。

『九冊は多すぎる　または
常連たちの不確かな推理』

〈参考文献〉『九マイルは遠すぎる』ハリイ・ケメルマン　ハヤカワ・ミステリ文庫

解説

光原百合

本書『晴れた日は図書館へいこう　ここから始まる物語』は、本書の前編にあたる『晴れた日は図書館へいこう』と共に、図書館を舞台にした「日常の謎《なぞ》」ミステリである。ミステリとは何かを論じ始めるときりがないのだが、ここでは「謎が解明されるときの知的な興奮が中心的な魅力となっている物語」と定義しておく。多くのミステリではこの「謎」は犯罪に関係したものであるが、そうでなくてもいい。本書に登場する「蓋《ふた》を開けたドッグフードの缶詰が図書館に置かれていたのはなぜ?」「すれ違った人がつぶやいた奇妙な言葉の意味は?」のような、日常の中で経験して不思議はない小さな謎でも、解明の過程が面白ければ魅力的なミステリになる。それが「日常の謎」ミステリだ。こうして解説を書いている光原百合も、一応「日常の謎」派の書き手と紹介されることが多い。あまり知られていないので自己紹介しておきました。

　さて、その私がなぜここで解説を書いているかと言えば、本書の作者・緑川聖司さんが大阪大学ミステリ研究会での一年後輩にあたるからだ（実年齢はもっとずんと離れているのだが、私がその前年、大学院生にして初めてミステリ研の存在を知って入部したためそうなった）。彼がサークルオリエンテーションで見学に来たとき、説明にあたっていたのが私だった。都会的で涼やかなたたずまいの青年だった緑川さんが、「書く」ことについては驚くほど熱を入れて語っていたことをよく覚えている。

　二人とも作家を目指して投稿を続けていることがわかり、私たちはお互いの作品を見せて批評しあうようになった。感心したのは、緑川さんが大学生にしてすでに「うまい」書き手であったこと――どんなジャンルでも、その気になれば必ず水準をクリアする作品を書いてしまうことだった。『晴れた日は図書館へいこう』のあとがきにもあるように、「ショートショートやミステリだけではなく、童話や漫画の原作、戯曲や漫才台本まで」。かくも多様なジャンルで面白いものを書ける、これはすごいことだ。しかも筆が速い。緑川さんは間もなく様々な新人賞の最終候補に繰り返し残るようになったが、それは本人にとってはやや不本意な時期だったらしい。やはり『晴れた日は――』のあとがきに、「最終候補には残るものの、最後の一編には選ばれないという状況が長く続いていて、少しくさっていました」とある。実は、新人賞においては「うまさ」がマイナスに作用することは珍しくない。きれいにまとまった作品より、欠点が多くても破天荒なパワーを感じさせる作品のほうが、今後の「のびしろ」が多いと判断されることがあるからだ。たぶん緑川さんは、新人にしては「うますぎた」のだ。『君のそのうまさは、もしかすると新人賞をとるには不利なのかもしれない。でもいったんデビューを果たせば、プロとして書き続けるにはこの上ない武器になるよ！』当時そんな風に励ましていた（というか先輩風を吹かせていた）ことをよく覚えている。ボツの数は私の方がはるかに多かったのだけれども。

そんな二人が無事デビューを果たし、こうして一方が他方の解説を書かせてもらうことになったわけで、話が決まったとき電話でまず交わした言葉は、「こんな日が来ようとはねえ」「感無量ですなあ」であった。

さて、改めて本書『晴れた日は図書館へいこう　ここから始まる物語』である。前作に続いて、本好きな小学五年生・茅野《かやの》しおりが図書館とその周辺で様々な謎に出会い、それを通じて成長していく物語だ。前作『晴れた日は図書館へいこう』が春と夏、本書がそれに続く秋と冬のお話だから、舞台となっている陽山《ようやま》市の美しい四季がこれで一巡りしている。前作からおなじみの人物も大勢登場するので、できればあわせてお読みになることをお勧めする。

本シリーズの読みどころはいろいろあるのだが、なんといっても主人公しおりと彼女を取り巻く人々が魅力的だ。主人公を周囲の人たちが温かく見守り、しかし過剰に口を出さず、必要なときだけ的確なアドバイスをする。子どもと大人の理想的な関わり方の一つが、ここには描かれている。そういえばしおりは作中で図書館のことを、「答えを教えてもらえる場所ではなく、わたしたちが自分で答えにたどり着くための道標《みちしるべ》」だと表現している。子どもがただ教え導かれるのでなく、自分で考えて進んでいくことの大切さを、作者は非常に重視しているように思える。

ここで思い出すのは、学生時代の緑川さんと「日常の謎」ミステリの関わりである。みたび『晴れた日は――』のあとがきによれば、「僕はどういうわけか、この分野に苦手意識を持っていました」とある。これについては当時も何度か論じ合ったが、特によく覚えているのは、「主人公が自分の頭で考えようとしない作品が多くてじれったい」と緑川さんが語っていたことだ。もちろん優れた日常の謎ミステリならばそんなことはないのだが、確かにこのジャンルの作品は犯罪に絡むような緊急性がないだけに、うっかりすると、探偵役のうんちくを語り手が「あーなるほどー」とひたすら素直に聞く、という図式に陥りがちである（自分の作品はどうだろうか……と心配になったりして）。だから緑川さんのデビュー作である『晴れた日は図書館へいこう』が日常の謎ものであったことは、少々意外だった。

だがこのシリーズをじっくり読んでみると、主人公のしおりは決して、探偵役の言うことを聞いてばかりではない。出くわした謎について仮説を立て、周囲の人と話し合ってそれを検証し、矛盾を見つけたら次の仮説を立て……と、自分の頭でちゃんと考えている。そしてその過程はとても楽しそうだ。「自分で考えることの大切さと楽しさ」、学生時代も今も、作者の伝えたかったことはこれなんだろうな、と改めて思う。「謎が解明されるときの知的な興奮」を描くミステリというジャンルを作者が得意とするのも、それと無縁ではあるまい。本シリーズで「ミステリの魅力」と「自分で考えることの楽しさ」に出会う年少の読者たちが、とてもうらやましい。

最後に。今回緑川さんに「今でも日常の謎は苦手なの？」とメールで尋ねてみた。返事によればさすがに苦手感は消えているようで、その中の一節が印象的だった。「日常の謎とは、日常の『奇跡』の物語なのかもしれません」

謎が解かれ、そこに隠されていた思いや願い、めぐりあわせや縁が明らかになる感動。一見平凡な日常の中にひそむそれを見出すことの大切さを、作者は「奇跡」と呼んでいるのだろう。本書に登場する作家の関根要《せきねかなめ》（この人もしおりを見守る重要人物である）が自著の書名に使っている「ちょっとした奇跡」という言葉にも、そのことは表れている。

主人公しおりの日常には、まだまだたくさんの奇跡が、見つかるのを待ち構えているはずだ。本書のラストシーンにも次なる展開が暗示されていることであるし、気が早いようだが、是非シリーズの続きを綴《つづ》ってほしい。先輩としてではなく一ファンとしてのお願いである。ああ、やっぱり感無量だなあ。

（作家）

本書は、２０１０年12月に小峰書店より刊行された『ちょっとした奇跡　晴れた日は図書館へいこう（２）』を改題し、加筆・修正のうえ、書き下ろし短編「九冊は多すぎる」を加え、文庫化したものです。

晴《は》れた日《ひ》は図書館《としょかん》へいこう　ここから始《はじ》まる物語《ものがたり》

緑川聖司《みどりかわせいじ》

2013年9月5日初版発行
2013年11月22日第4刷発行

発行者……………坂井宏先
発行所……………株式会社ポプラ社
〒160-8565　東京都新宿区大京町22-1
電話……………03-3357-2212（営業）
03-3357-2305（編集）
0120-666-553（お客様相談室）
ファックス……………03-3359-2359（ご注文）
振替……………00140-3-149271
フォーマットデザイン　荻窪裕司（bee's knees）
印刷・製本　中央精版印刷株式会社

乱丁・落丁本は送料小社負担でお取り替えいたします。
ご面倒でも小社お客様相談室宛にご連絡ください。
受付時間は、月～金曜日、9時～17時です（ただし祝祭日は除く）。

ポプラ文庫ピュアフル

ホームページ　http://www.poplarbeech.com/pureful/

N.D.C.913/328p/15cm
ISBN978-4-591-13585-3

ポプラ文庫ピュアフルの好評既刊

本と図書館を愛する人に贈る、
とっておきの〝日常の謎〟

緑川聖司
『晴れた日は図書館へいこう』

装画：toi8

茅野しおりの日課は、憧れのいとこ、美弥子さんが司書をしている雲峰市立図書館へ通うこと。そこでは、日々、本にまつわるちょっと変わった事件が起きている。六十年前に貸し出された本を返しにきた少年、次々と行方不明になる本に隠された秘密……

本と図書館を愛するすべての人に贈る、とっておきの〝日常の謎〟。知る人ぞ知るミステリーの名作が、書き下ろし短編を加えて待望の文庫化。

ポプラ文庫ピュアフルの好評既刊

実力派作家陣が仕掛ける、とびきりの謎！
新感覚のミステリーアンソロジー

加藤実秋　谷原秋桜子
野村美月　緑川聖司

『青春ミステリーアンソロジー　寮の七日間』

装画：usi

「ぼく」が逃げ込んだ美術高校で起きた幽霊騒動、桃香る女子寮で繰り広げられる少女たちの密やかな駆け引き、名門男子校にやってきた季節外れの入寮生、個性派ファミリーの夏休みの行方――。舞台は「紅桃寮」、四〇四号室が「開かずの間」、事件発生から解決までが「七日間」。三つの共通設定のもと、四人の実力派作家が競作する新感覚の青春ミステリー！

エンタメ小説の大家が手がけた、
ユーモア青春ミステリ！

山田風太郎
『青春探偵団』

装画：黒田硫黄

とある町の北はずれ、こんもりとした山を中心として、南の麓に霧ガ城高校、東の麓に男子寮の青雲寮、西の麓に女子寮の孔雀寮がある。この町で青春を謳歌するクラスメイトの男女6人が、探偵小説愛好会「殺人クラブ」を結成。その活動は月に1度、山頂に集まっての会合と学園内外で起こる珍事件の解決!?
エンターテイメント小説の大家・山田風太郎による、ユーモア青春ミステリの傑作が、堂々復活！

〈解説・米澤穂信〉

悪意と善意が渦まく疾風怒濤の面白さ！

〃究極の不幸せ巡り〃ストーリー

若竹七海

『みんなのふこう～葉崎は今夜も眠れない』

装画：おどり

葉崎FMで放送される「みんなの不幸」は、リスナーの赤裸々な不幸自慢が人気のコーナー。そこに届いた一通の投書。「聞いてください、わたしの友だち、こんなにも不幸なんです……」。

海辺の田舎町・葉崎市を舞台に、疫病神がついていると噂されながら、どんなことにもめげない17歳のココロちゃんと、彼女を見守る女子高生ペンペン草ちゃん、周囲の人々が繰り広げる、泣き笑い必至の極上エンタテイメント！